滿月貓咪咖啡店

満月珈琲店の星詠み
～本当の願いごと～

真正的願望～

望月麻衣

插畫・櫻田千尋

邱香凝 譯

月光檸檬水
滿月珈琲店

射手座蘋果糖葫蘆
滿月珈琲店

星星碎片葡萄酒與
晝夜綜合果汁
滿月珈琲店

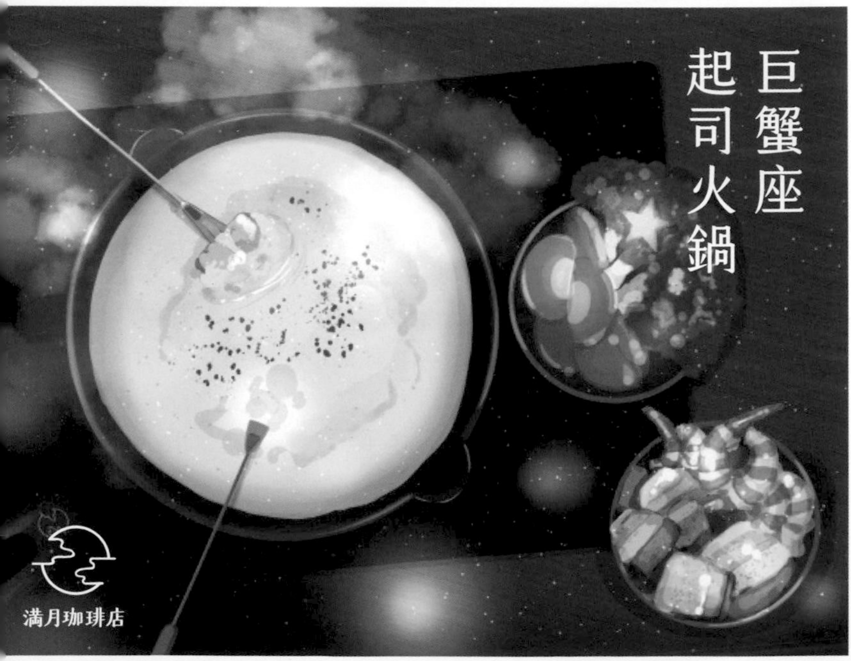
巨蟹座
起司火鍋
滿月珈琲店

新月蒙布朗
滿月珈琲店

流星群爆米花
滿月珈琲店

線香煙花冰茶
滿月珈琲店

黑洞巧克力
滿月珈琲店

目次

滿月貓咪咖啡店～真正的願望～

──「滿月咖啡店」沒有固定的店面。

有時在你熟悉的商店街，有時在電車的終點站，有時在安靜的河邊空地，地點不一定，心血來潮出現。

同時，本店不會問客人要點什麼。

我們將為您準備最棒的甜點、食物及飲料。

那隻大三花貓店長，今晚應該也在某處微笑著吧？

Introduction

天上浮現清晰的半月。

上弦月高掛天空、綻放光芒的夜晚，最適合用來學習。

接下來即將邁向滿月，能量變得愈來愈大，這樣的半月之力灌注一切之中，對每個人的自我提升都有很大幫助。

因此，我們「滿月咖啡店」也會在上弦月夜舉行讀書會。

月光下，「滿月咖啡店」的行動咖啡車停在大大的公園廣場上，亮起柔和的燈光。現在，我們在咖啡車旁將桌子擺成扇形，聚集在大三花貓店長身邊。

大三花貓是本店的負責人，也是「讀星人」。

太陽早已下山，黑夜將天空染成一片深藍，四周吹著初冬的風。不過，行動咖啡車四周散發溫暖明亮的淡淡光芒，在這裡開讀書會一點問題都沒有。

今天聚集在這裡的，是今晚「連在一起」的人們。大家都是星星的使者，但也只熟悉關於自己的事，所以有時會像這樣，來聽店長上課。

學生們各分配到一張桌子，上面放著一杯「月光檸檬水」。

檸檬水附上浸淫了滿滿月光的檸檬片，滋味酸酸甜甜，一喝下便沁透身心。通常我們會推薦剛下班的疲憊客人喝一杯這個，對正要開始上課的學生們來說，也是能帶來活力的飲品。

「——這檸檬水的顏色，跟我的頭髮好像。」

我金星（維納斯）一邊撫摸自己的頭髮，一邊竊笑著將檸檬水端到嘴邊，朝店長的方向舉手。

「店長，可以先問個問題嗎？」

「什麼問題呢？維納斯。」

「從『雙魚座時代』進入『水瓶座時代』明明是西元二〇〇〇年左右的事，為什麼說進入今年二〇二〇年後，時代才展開劇烈的變動？」

店長理解地點頭，環顧眾人。

「有人能回答小維的問題嗎？」

於是，一名紅髮青年用手撐著桌面站起來。

「儘管『雙魚座時代』已經在西元二〇〇〇年左右結束，轉而進入『水瓶座時代』將近二十年，上個時代的雙魚座氛圍卻仍盤旋不去。這是因為『土象』的時代一直沒有結束的關係。可是，『土象』時代也即將在二〇二一年——正確來說是今年二〇二〇年十二月結束，進入『風象』時代。二〇二〇年的劇烈變動，正是受到這件事的影響。」

說完這席話，青年重新就座。

他的名字是火星（馬爾斯）。

長得一張英姿煥發的臉，頭髮紅得像閃閃發光的火焰，眼珠也是一樣的顏色。

「沒想到小M也這麼用功……」

一旁低聲嘀咕的，是有著一頭銀髮的少年水星（墨丘利）。外表中性的他，是個出了名的美少年。

「能不能好好稱呼別人的名字啊？更何況，你自己也是小M吧？」

被紅髮青年瞪了一眼，墨丘利笑著說「對耶」。

原本微笑看著兩人你一言我一語的三花貓店長，這時呵呵一笑。

「馬爾斯說得沒錯。」

這麼說著，把話題拉了回來。

「是的，從十九世紀起，超過兩百年的時間，這世界一直處於『土象』時代。」

我聽得更是一頭霧水了，皺著眉頭說：「呃……」

「紀元後展開『雙魚座時代』，一直到西元二〇〇〇年左右，大約兩千年的時間，一直都在『雙魚座時代』對吧？那你們說的『土象時代』、『風象時代』又是什麼？」

我頂著混亂到了極點的腦袋提出疑問。

看著這樣的我，身邊的墨丘利半張著嘴，一副傻眼的樣子。

「欸？妳連這都不知道嗎？這樣平常居然還一臉正經八百的給客人建

議？」

「關於星相的事，我大概都懂啊，像是宮位的特徵或星座相關知識等等。而且，該怎麼說好呢，我比較像是接收了大宇宙的啟示再轉達給客人，說起來就像神社裡的巫女……」

「意思就是，妳都是憑感覺給建議的吧？」

「才不是憑感覺呢！我傳達的是宇宙的旨意！」

嘴上雖然強硬反駁，我還是心虛地駝了背。

墨丘利嘆著氣說「是是是，妳說了算」。

這孩子真是一如往常狂妄。

這時，馬爾斯立刻狠狠瞪了墨丘利一眼。

「小維是代表品味與感受力的星星，你要更尊重她這一點。」

好啦——墨丘利不當一回事地回應。

拿起懷錶，店長說「那就言歸正傳吧」。這懷錶平常只是用來看時間，但偶爾也能發揮特殊用途。

夜空中，映出了雙魚座和水瓶座的圖。

「一如馬爾斯所說，至西元二〇〇〇年左右，約莫兩千年的時間，都屬於『雙魚座時代』，而現在則已進入了『水瓶座時代』。何謂某某星座的時代呢，這就要從『春分點』開始說起。春分點始於雙魚座，之後再移動到水瓶座。」

「春分點……」

我依然有聽沒有懂，只能發出模稜兩可的回應。

「換季的時候，我們的服裝和舉動都會有所改變吧。這也可以說是『生活方式的改變』。同樣的道理，時代更迭也會帶來種種變化。」

店長這麼說著，繼續說明下去。

我按捺想提問的心情，姑且默默往下傾聽。

以下就是店長的說明。

截至不久前為止的『雙魚座時代』中，有「火」、「土」、「風」、「水」四種元素變換更迭。

「火」是起承轉合的起。火象屬性的星座有牡羊座、獅子座、射手座。

「土」是起承轉合的承。土象屬性的星座有金牛座、處女座、魔羯座。

「風」是起承轉合的轉。風象星座有雙子座、天平座、水瓶座。

「水」是起承轉合的合。水象星座有巨蟹座、天蠍座、雙魚座。

元素改變稱為「轉變（mutation）」，大約兩百年會發生一次。

「至於轉變如何發生……」

說著，店長快步往前走，把手放在穿著西裝的中年男性土星（薩圖恩努斯）和身材豐腴，看起來很溫柔的中年女性木星（朱比特）肩上。

「這兩位，土星和木星，是對社會發揮強大影響力的星星。這兩顆星約二十年重疊一次，又稱為『大合相（great conjunction）』」

合相在占星用語中也稱為「合」，就是重合的意思。

我一邊嘟嘟噥噥，一邊在筆記本上寫下「大合相」。

「所以薩薩和朱比特每隔二十年就會黏在一起呀。」

薩圖恩努斯皺起眉頭嘀咕「不是這麼說的吧……」

「有什麼關係嘛。」說著，一旁的朱比特倒是笑得挺開心的。

店長點頭道，沒錯。

「土星和木星以二十年一次的循環週期重合，每大約兩百年一次，連重合的位置也會產生變化。比方說，從『火象』元素的位置，移動到『土象』元素的位置。以近年來說，從十九世紀到二〇二〇年為止，土星和木星都是在金牛座、處女座和魔羯座等『土象』元素的位置上重合的。」

「不過——」店長按了兩下懷錶的龍頭。

「二〇二〇年十二月下旬，土星和木星將在『風象』元素的『水瓶座』上重合，接下來的大約兩百年，也都會在『風象』元素的雙子座、天平座、水瓶座上重合。」

店長這麼一說，懷錶發出光芒，夜空中映出兩張圖。

我終於明白了，站起來說：

「我知道了，換句話說就是這樣吧……對了，請容我拿最愛看的舞台劇來比喻吧。」

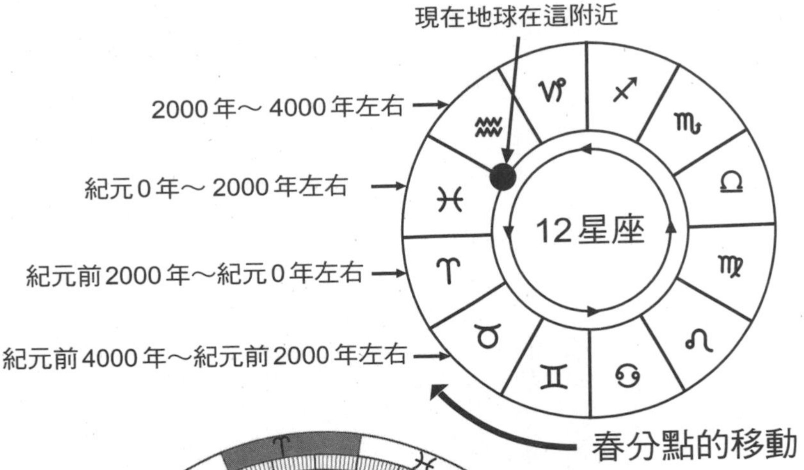

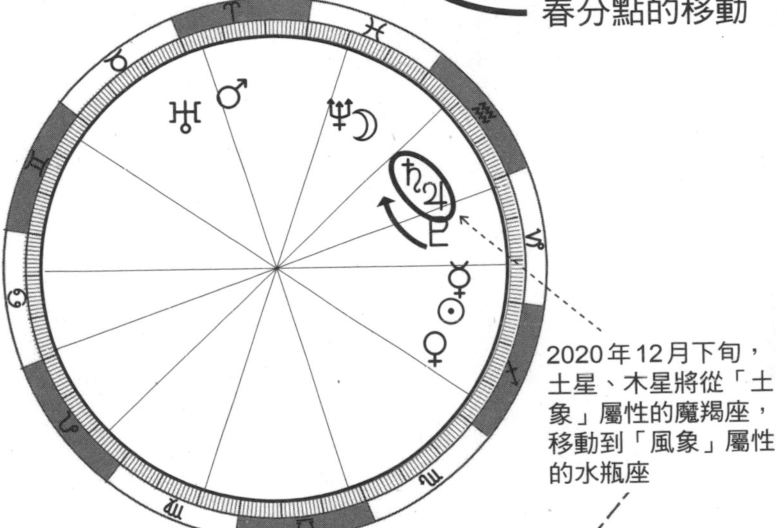

※
春分點是從
雙魚座→水瓶座
星星則是從
魔羯座→水瓶座
動向正好相反

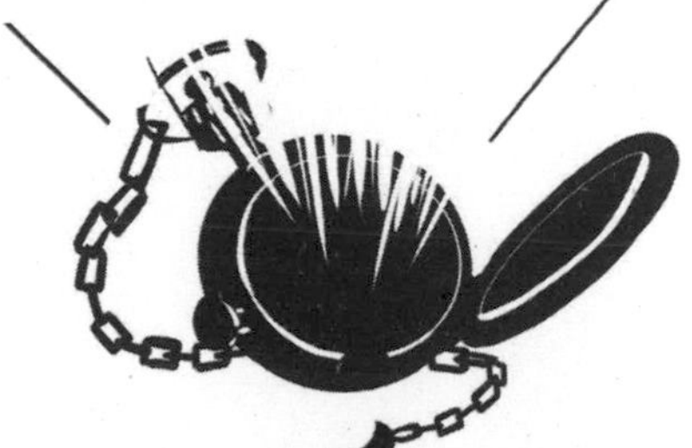

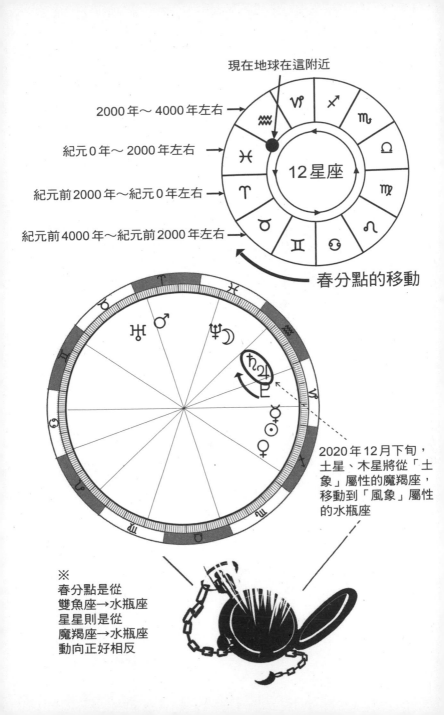

我先這麼聲明，再把自己腦中整理過的結果說出來。

由紀元起，至西元二〇〇〇年左右，舞台上演出的是名為「雙魚座」的戲碼。

配合著雙魚座的劇情，舞台上有「火象」、「土象」、「風象」、「水象」四種燈光變化。

即使在同一座舞台上，僅只是改變燈光，就能營造出完全不同的氛圍。

從十九世紀到近年為止的大約兩百年，打的是「土象」的燈光，雙魚座的劇情也在土象的燈光中結束。

但是，在雙魚座的戲碼謝幕後，即使下一齣上台的水瓶座戲碼已開演，舞台上打的卻依然是「土象」的燈光。

所以，觀眾多半沒發現戲碼已經改變。

因為舞台上的氛圍和原本一模一樣。

然而，二〇二〇年十二月下旬，終於換上了不同的燈光。

這次打的是「風象」的燈。

觀眾們終於察覺，台上已經換了一齣戲。

「就像這樣，『風象』的燈打上後，舞台上才終於統一為水瓶座的顏色。」

聽了我的見解，店長開心點頭說「沒錯喔」。

「按照小維的比喻，在水瓶座時代打上『風象』燈光前的二〇二〇年，可說是整整一年的『交接』期。時代性質改變，就代表社會的構造也會改變。因此，世界上陸陸續續發生打破過去常識規範的事。時代轉變後的幾年之間，也會顯得有些混亂。身為星星使者的我們，應該要盡可能引導心有迷惘的人們，幫他們照亮道路。」

店長這麼說，我們幾個人都默默點頭。

「那麼，不久就要進入十二月了呢。對人們而言，這是個特別的季節。今年耶誕夜，我打算也讓『滿月咖啡店』特別開張。」

聽到店長這麼一說，我們幾個店員的臉龐都亮了起來。

基本上，本店只在滿月（或新月）之夜開張。

不過，唯獨每年的耶誕夜，即使月缺也會展開特別營業。
「今年打烊後，也來舉行宴會吧。」
「對啊，來開個忘年會。」
我和朱比特興奮嚷嚷，一旁的墨丘利微微聳肩。
「妳們兩位女士一下說什麼『宴會』，一下說什麼『忘年會』，應該是『耶誕派對』才對吧？」
眾人之中，只有薩圖恩努斯一如往常表情冷靜。雖然一副對派對什麼的沒有興趣的樣子，講禮數的他，每年都沒有缺席。
看著這樣的我們，店長瞇起原本就夠細了的眼睛。
「還有啊，今年年底，終於可以執行他和她委託的事了。」
聽到這句話，我露出狐疑的表情，店長指的是什麼事呢？
月亮（露娜）倒像是心裡有數，回應了店長「是啊」。
「你說的她，就是二十一年前那孩子吧。」
「咦？二十一年前發生了什麼事嗎？」

「是我從前的朋友的孩子。踏上旅途前拜託了我一件事……是啊，終於能夠實現了。」

聽著我和露娜的對話，店長點點頭。

「至於他，則是十四年前提出的委託吧。說來巧合，都是七的倍數。」

天王星（烏拉諾斯）咧嘴一笑，托著下巴說；

「話雖如此，店長。『七』的倍數本來就是和這個宇宙很有緣的數字，也稱不上是什麼『巧合』啦。」

「就像你，也是以七年為一個循環移動的星座嘛。」

墨丘利這麼說，烏拉諾斯點頭回答「對啊」。

「土星大叔也是啊，每七年就會砰地丟下一大考驗。」

「什麼土星大叔……而且我說過很多次了，不是『考驗』，是『課題』。」

薩圖恩努斯一臉不滿地嘆氣。

「哎呀，對有些人來說，課題也是考驗啊。」

我們吱吱喳喳地說了起來，店長安撫大家「好了好了」。

「言歸正傳嘍。關於委託的事，等一下會再說明。總之因為有這樣的緣由，今年十二月除了耶誕夜之外，應該還會多幾天特別營業的日子。到時候就麻煩大家了。」

眾人異口同聲回應「好的」。

「雖然不知道是什麼事，得好好加油才行呢。」

我握拳振奮地這麼一說，墨丘利就投來冷冷一瞥。

「加油是好事，但小維妳真的沒問題嗎？」

「咦？」

「妳連讀星基礎中的基礎都不懂不是嗎？是不是偷懶不用功啊？」

被他說中痛處，我縮了縮身子。

「可是，就像剛才馬爾斯說的，我是擅長發揮感受力的類型嘛……真要說的話，比起研究星象，我更拿手的是塔羅……」

我找起藉口來，一旁的朱比特輕聲竊笑。

她有一頭栗子色的長捲髮。

整個人看上去就像爵士歌手。

「馬爾斯也說過，發揮『享受』與『品味』就是小維的工作啊。和最愛學習進修的墨丘利不一樣。」

「嗚嗚，朱比特！」

我站起來，奔向朱比特的懷抱。

「小維，這就是妳的優點呀。」

「謝謝妳，朱比特。沒錯，我最喜歡『享受』了。所以下次，想在更閃閃發光的地方擺攤。」

「哇，聽起來很享受耶。是啊，就快正式入冬了，真的會想去街頭燈飾閃閃發光的地方呢。」

看著這樣的我倆，薩圖恩努斯發出無奈的嘆息。

推回眼鏡，表情一如往常地嚴肅。

「真是的，朱比特妳就是太寵小維。」

「誰教我們感情好呢。」

「就是說嘛。」

我和朱比特異口同聲，薩圖恩努斯和墨丘利面面相覷，聳著肩膀嘆氣。

另一方面，馬爾斯則低聲說：「感情好又不是什麼壞事。」

他的年紀已稱得上青年，但有時仍給人還在青春期少年的感覺。說話語氣雖然冷淡，其實每次都站在我這邊。

我也想讓這樣的他看到我好的一面，所以抬起頭問：

「對了店長，在接下來漫長的『水瓶座時代』中，該怎麼樣才能活得更好呢？」

聽我這麼問，店長歪頭沉吟。

「最重要的，應該還是『認識自己』吧。」

眾人一片「沒錯沒錯」的同意聲中，墨丘利開了口。

「只要好好確認自己的出生圖（Natal chart），知道自己是哪種屬性的人，生存起來就很簡單啦。」

「你說的我當然懂。可是，難道沒有更簡單易懂的方式嗎？雖然我還是小見習生，身為讀星人的一分子，有時也會在街頭為人解惑。可是，常有人反映說，即使聽到『出生圖』或『屬性』等詞彙，也不太懂到底指的是什麼。」

「那麼——」薩圖恩努斯說。

「或許該先掌握自己的課題吧。」

「薩薩所謂的『課題』，是指『考驗』嗎？我討厭那種不開心的事。」

我「哼」地把頭轉開。

「什麼不開心……」

薩圖恩努斯睜大眼睛，無言以對。

聽了我們的對話，其他人吃吃竊笑起來。

站在正中間的黑髮美女露娜呵呵一笑，開口說道：

「若想知道自己的本質，首先可能得先知道自己『月亮』的位置喔。」

露娜用很微弱的聲音低喃。

她唱歌劇的時候明明非常有魄力，平常講話卻輕聲細語。

「月亮的位置啊……這麼說來，芹川老師的月亮位置，好像就是在顯示為

『家宅』的第四宮？」

我一邊想起以前來過的一位女性，一邊做筆記。

露娜先表示「對」，又補充說道：

「宮位固然重要，星座也很重要喔。」

「妳是說月亮星座嗎？」

我在筆記上寫下「月亮星座也很重要」。

「還有，『開心地認識自己的方法』……」

店長這麼說時，總覺得月光比原先更亮了。

原來月已攀升到天頂。

受其影響，我們的外表逐漸變化成貓。

露娜是黑貓，墨丘利是暹羅貓，馬爾斯是阿比西尼亞貓，朱比特是緬因貓，薩圖恩努斯是黑白賓士貓，烏拉諾斯是獅城貓，我則是白色的波斯貓。

大家都用蘊含月光的視線望向店長。

這時，店長說了一句話，但我實在無法理解，皺起了眉頭。

「欸？是這樣嗎？那種事不是誰都該知道的嗎？」

不知何時來到我身邊的黑貓露娜悄聲說：

「那個啊，乍看好像大家都知道，其實很多人都埋藏在自己內心深處了，不知道的人還滿多的喔。」

是喔？我驚訝地眨著眼睛，露娜用力點頭。

就像天岩戶呢，朱比特在一旁微笑答腔。

原來是這樣嗎……我吐出一口氣。

店長那句話是這麼說的——

——開心地認識自己的方法，就是知道自己「真正的願望」是什麼。

序章

今天是個溫暖的小陽春。

筑波市科學萬博紀念公園裡聚集了許多人，大家都是來參加「忘年收穫祭」的。

會場裡有販售常陸牛牛排、蓮藕脆片、芋頭乾等名產的攤販，還有外國人組成的樂團，正在演奏歡樂的音樂。

金髮女性和銀髮少年拉小提琴，紅髮青年拉中提琴，一頭黑長直髮的女性拉大提琴——是四重奏。

筑波市除了教育、行政相關的研究所外，還有許多知名企業設施，來自海外的研究人員也多。因此，來訪民眾即使看到外國人組成的樂團，通常也見怪不怪。

只不過，眼前這個樂團是個例外。團員們各個都有媲美好萊塢明星的亮眼外貌，吸引著群眾的目光。

只有指揮看起來像是日本人。

一頭黑髮，身穿黑西裝，表情有點嚴肅的中年男性，皺著眉頭揮舞指揮棒。

「這個指揮的表情，好兇喔……」

是不是在生氣啊……正當我忍不住這麼說時，身邊快滿七歲的女兒卻搖頭說「不是喔」。

「那個叔叔看起來雖然像在生氣，其實他很開心，很享受喔。」

女兒用嘹亮的聲音這麼說。

似乎聽見了女兒說的話，男指揮露出不好意思的苦笑，樂團成員們則抖動著肩膀偷笑。

我頻頻點頭道歉，正想趕快離開時。

男指揮沒拿指揮棒的手舉起，朝女兒揮了揮，像在說「Bye-bye」。

看見他臉上略帶羞赧的微笑，我彷彿在這初次見面的人臉上看到非常寶貴的事物，不由得高興起來。

「我沒說錯吧？他是不是很親切？」

女兒這麼問，我點頭說「是啊」。

我女兒——愛由她似乎有這樣的能力。

那是發生在前幾天的事了。

有時，我們會在家門外的公園長椅上，看見一個上了年紀的老先生。他總是一臉不悅，即使像我這種帶孩子去公園玩的家長跟他打招呼，他也只是板著一張臉，不予回應。

我很討厭他。

因為他讓我想起如今已疏遠的父親。

父親總是一臉不高興的樣子，對人冷淡，只要一開口就是罵人。我們一家被這樣的父親害得分崩離析。

我想，那個老先生一定也是同類型的人。

他看起來明明討厭小孩，為何要來公園呢？

慢慢地，我也不跟他打招呼了。碰到的時候，頂多勉強點個頭。

面對這樣的老先生，愛由卻總是大聲說「你好」。

老先生依然板著臉孔，一句話都沒回。

小孩子跟你打招呼耶，這是什麼態度啊。

我甚至覺得生氣了，小聲對愛由說「愛由，不用介意沒關係」。愛由疑惑地歪著頭問：

「不用介意什麼啊？」

「妳跟那個伯伯打招呼，他都不理妳的事啊。」

儘管難以啟齒，我還是這麼告訴她。沒想到，愛由聽了猛搖頭。

「伯伯只是聲音小得讓人聽不見而已喔。他都有好好回應，也有跟我說『妳好』喔。」

「愛由聽得到嗎？」

「聽不到，不過他嘴巴有在動啊。我想，伯伯可能是太害羞了。」

我心想，哪可能啊。

不料，老先生要離開時，忽然朝我和愛由走來，一言不發遞上了糖果。
不、或許他並非一言不發。確實如愛由所說，他的嘴巴有在動，似乎說了什麼。
愛由望向我，確認是否可以收下糖果。
我點點頭，愛由收下糖果。
「伯伯，謝謝你。」
見愛由笑容滿面，老先生也揚起嘴角。看到他這樣的表情，我心想，或許愛由說得沒錯，他只是太害羞了，不擅長表達自己而已。
——說不定，我父親也是這樣的人？
怎麼可能……這麼一想，我笑著撫摸愛由小小的腦袋瓜。
愛由身上有些令人匪夷所思的能力。
別人身上乍看之下看不出來的特質，她卻能夠感受得到。

「啊、爸爸。」

聽到這聲音，我才回過神來，視線落在愛由身上。

丈夫站在離熱鬧會場不遠處，對我們笑嘻嘻地大力揮手。

「純子。」

他喊了我的名字。

過去曾是個「標準好青年」的丈夫，現在都已經成為「好中年」了。

「聰美說她工作太忙，結果今天還是不能來。」

聰美是丈夫的妹妹。

以關係來說雖是世人口中的「小姑」，對於和娘家關係疏遠，一直想要個妹妹的我而言，聰美就像親妹妹一樣可愛。

「這樣啊，主辦這場祭典活動的當事人自己不能來，還真可惜。」

「這只不過是聰美經手的許多活動裡的一場罷了。」

小姑聰美在廣告公司工作，負責活動企劃。

搬出茨城，在東京澀谷的辦公大樓工作的她，是個女強人。

「欸？小聰不能來喔？」

愛由不開心地嘟起嘴巴。
她打從心底崇拜這個姑姑。
「好可惜喔。」
「愛由，聽美說那是她特別花了一番工夫的地方喔。」
丈夫指向廣場的方向。
看得見那邊有一排籠子。
「是小狗狗！」
愛由眼神瞬間閃閃發光。
我一邊高舉手掌遮擋陽光，一邊也點頭說「真的耶」。
「好多貓狗喔。」
籠子裡，貓狗們顯得有點不安。
我疑惑地想，是什麼活動呢？
「犬貓送養會～請帶這些孩子回家，成為家人吧～」
看見寫著這行字的招牌，我才恍然大悟。

「原來是在這裡舉行送養會啊。」

「對。」丈夫點頭。

「聰美希望盡可能減少收容所裡被安樂死的動物，即使自己的環境無法飼養寵物，至少能用這種方式幫助牠們。」

籠子後方，有穿著布偶裝的工作人員，和一個看起來很溫柔的女性。女性正對籠子裡膽怯的貓狗們說「沒事的，別怕喔」。

「媽媽，我們也去看一下嘛。」

愛由拉扯我的手，我皺起眉頭。

「可以是可以，愛由，只能看不能養喔。養活生生的動物，不是一件容易的事。」

救援貓狗當然很重要。

可是，也不能不負責任地飼養。

一件往事不經意掠過腦海。

那是我小學時的事了。

我的老家在鎌倉。

放學後，沿著江之電鐵軌旁的道路跑回家，我對母親大喊：「朋友家的狗生小嬰兒了，他們在找人領養，媽媽，我們家也養一隻嘛。」

聽見我這麼說，早一步回到家，已經躺在榻榻米上打滾的弟弟跳起來，大聲附和：「我也想養狗！」

之後，我和弟弟組成聯合陣線，每天不斷嚷嚷「好想養狗」、「好想養狗」。

我們每天早晚都會遛狗，準備飼料的工作也會包辦，還會好好寫功課，幫忙做家事，一定會當個很乖的好孩子。雖然姊弟倆這麼保證，一聽就知道那是不可能的事。

耍賴，哭泣，總算是成功說服母親，把狗帶回家了。

那是一隻有點像柴犬的米克斯，圓滾滾的黑眼珠非常可愛。

我們立刻愛上了這隻個性溫和又好相處的狗。

原本是這樣沒錯。

但是，遛狗也好，餵狗也好，寫功課和做家事也好，全都只有一開始做到。

之後就把照顧狗的工作丟給媽媽，我們只負責跟牠玩。

「你們姊弟倆，只會出一張嘴！」

原本就反對養狗的父親破口大罵，我們才急忙幫忙照顧，不過也只是一下子而已，很快就故態復萌。

這隻愛犬安享天年，是我出社會那年冬天的事。

我很早就離開家，上大學時住宿舍，找到工作後就在東京市區一個人租屋生活。

永遠忘不了接到母親聯絡，說愛犬病危時，我的內心有多受打擊。

在那之前，總是理所當然認為愛犬永遠會在那裡，是家中的一分子。

後來，只要不小心想起牠，我都會馬上哭出來。

那時我發誓，再也不養狗——不養動物了。

「只能看喔，只能看看而已喔——」

我知道、我知道啦。愛由一邊點頭，一邊朝籠子走去。

女性工作人員看到愛由，「哎呀」一聲，笑彎了眼睛。

「歡迎過來看看。店長，來了可愛的小客人喔。」

這位身材豐腴的中年女性，是個外國人。

一頭栗子色的長捲髮，在腦後綁成一束馬尾。

身上穿著米色洋裝，圍著白色花邊圍裙，看起來不是正要烤餅乾就是烤派的樣子。

被她稱為「店長」的布偶裝工作人員回過頭來。

店長的外型，是隻巨大的三花貓。從尺寸看來，裡面的人應該是男性吧。現在的布偶裝技術真厲害，這個布偶裝也製作得好精緻，逼真得令人讚嘆。三花貓店長穿著白色襯衫，打上領帶，上面還圍了一條黑色圍裙。

看到我們，店長瞇起眼鏡下的雙眼。

「歡迎，午安。」

「午安！」

愛由活力十足地回答，之後立刻望向籠內。

剛才還那麼膽怯的貓狗們紛紛站了起來，眼中閃著光芒。

「大家看到愛由來都好高興。」

環視一圈後，愛由走到一隻看起來像米克斯的狗面前蹲下，

那隻狗，已經長得滿大了。

圓滾滾的眼珠緊緊盯著愛由。

「愛由想帶這孩子回家。」

「爸爸也從小就夢想養狗喔。」

「怎麼連你都說這種話。」

「只要能帶這孩子回家，生日禮物和耶誕禮物，愛由都不要了。」

「喔！了不起，愛由。」

「你別多嘴啦。」

被我這麼斥責，丈夫應了聲「遵命」，緊閉上嘴。

「為什麼選這孩子呢？」
這裡明明有更多更小更可愛的貓狗。
真要說的話，這隻狗說不定是裡面最不起眼的吧。
「因為這孩子感覺最『寂寞』啊。」
「……愛由。」
啊啊，真是的。我用力甩頭。
「養一個生物是很辛苦的喔，等於是要對一條生命負責。」
「『對生命負責』，好偉大喔，好像上帝的工作。」
這麼說的愛由，笑得毫無心機。
站在感動佩服的丈夫身邊，我再也無話可說。
愛由這句話，或許只是童言童語，其中沒有任何決心。
可是，卻深深撼動了我。
上帝的工作，這樣啊……
我沒有回答，只是蹲下來，凝視籠子裡的狗。

「這孩子雖然體型很大了，個性還很撒嬌喔。要不要抱抱牠？」

店長不等我回應，輕柔地從籠子裡把狗抱出來。手勢小心翼翼又仔細，靈活得一點也不像穿著布偶裝。

舉起狗，店長對我說「請」。

儘管感到困惑，我仍抱住那隻狗。

與蓬鬆柔軟的狗毛同時傳來了體溫，還有脈動的心跳。

就是這個感覺。

瞬間，腦中閃過兒時養過的那隻狗。

明明是在我一時任性下帶回家的，最後卻把養狗的責任全部推給母親，自己什麼事都不做。

眼眶一熱，我緊緊擁抱這孩子。

「……是啊。為生命負責，聽起來真像上帝的工作。」

我用聽不清楚的聲音這麼嘟噥。

「對啊！」愛由笑了，我望向手裡的狗，苦笑起來。

愛由應該會跟小時候的我一樣，只在一開始照顧這隻狗，之後就把責任都丟給我了吧。

可是，這或許也是一種宿命。

丈夫把手放在我肩膀上。

我點頭說「沒辦法」，看著店長說：

「我們想帶這孩子回家，可以嗎？」

早有預感了。當愛由拉著我的手說想過來看看時……

我就知道事情會變成這樣。

愛由高舉雙手，發出歡呼。不知是否明白發生了什麼事，狗兒搖起尾巴，看起來很開心。我聳聳肩，心想，應該沒做錯決定吧。

「非常感謝。能跟府上結緣，這孩子一定也很高興。方便的話，請到那邊喝點東西，讓我做進一步的詳細說明。」

店長這麼說著，視線朝廣場後方望去。

那裡停著一輛行動咖啡車，上面畫著不知是否代表商標的滿月。車子前方放著一塊招牌，上面寫有「滿月咖啡店」的字樣。

「行動咖啡車？」

「對。」店長點點頭。

「會為您煮一杯絕讚的好咖啡喔。」

店長這麼一說，一旁那位身材豐腴的女性就眨著眼睛喊「哎呀」。

「居然說要給這麼年輕的客人端上咖啡，真稀奇。」

聽到她這麼說，顯然已經不年輕的我只好聳聳肩。

「是啊，想為今天的緣分致上一點謝意嘛。而且，有時我也會想傳達『接下來請加油喔』的訊息啊。」

他的意思是指，接下來即將展開的「養狗生活」嗎？

「最重要的，不久後我們應該會再次見面。到時候，希望也能端上極品餐點。」

「不久後？」

我愣愣反問，不過馬上又想到，他指的是來接狗回家時的事吧。應該是這個意思沒錯。

「這樣啊，到時再麻煩您了。」

懷著滿心的期待，我向店長低頭致意。

「那麼，請跟我來。也會為您先生端上咖啡歐蕾，給令嬡的則是可可亞。」

丈夫一聽就高興地笑著說「太棒了」。

「最近我總覺得胃不太舒服，比起黑咖啡，咖啡歐蕾喝起來更美味。」

「愛由最喜歡可可亞了！」

我們一家人手牽手，朝「滿月咖啡店」走去。

第一章

巨蟹座起司火鍋與射手座蘋果糖葫蘆

1

「……真傷腦筋。」

鬧哄哄的辦公室一隅，我一手拿著手機，嘴上發出嘆息。

打開手機行事曆一看，竟然已經進入十二月了。

不是前不久才剛入秋的嗎。

「照這步調下去，一眨眼耶誕夜就到了啦。」

怎麼辦……聽我在那低聲哀號，坐隔壁的女生探頭過來。

「市原小姐，怎麼了？遇到什麼棘手的案子了嗎？」

一臉擔心詢問的女孩叫鈴宮小雪，是今年剛來公司幫忙的年輕約聘員工，目前隸屬我帶領的團隊。

她總是貼心注意周遭的人，令我感到很佩服。

「謝謝，不過不是工作上的事，是我私人的事啦。」

鬆了一口氣的她，露出了笑容。

「耶誕節就快到了，該不會是太多人約妳，讓妳無從選擇，正在傷腦筋吧？」

聽到她這麼說，我忍不住笑出來。

「真是的，鈴宮妳喔，就是愛開玩笑，怎麼可能有那種事嘛。話雖如此，我也不愁耶誕節沒人約啦，我會跟男友一起過喔。」

說著，我望向桌上的手機。

螢幕上依然顯示他傳來的訊息。

『今年耶誕夜，我無論如何都想跟聽美一起過。希望妳想辦法騰出時間，再晚也沒關係。』

聽美就是我。

這段訊息，鈴宮也瞥見了。

「耶誕夜是我們這個業界最忙的時候啊，即使另一半這麼要求，又不是我們說想見就能見面。」

是啊。我嘆口氣。

對於在廣告公司上班，又是負責活動企劃的我而言，耶誕夜不是與男友共度的節日，是得努力工作的日子。

他當然也很明白這一點。

「可是，他說再晚也沒關係耶。這樣的話，應該沒問題吧？」

「當然，見面本身是沒問題……」

只是從這段訊息裡，我感受他強烈的決心。

我們打大學時代開始交往，在一起即將滿七年了。

在這個時間點說「無論如何都想跟聽美一起過」、「再晚也沒關係」……

豈不就是決定要求婚了嗎？

我扶著額頭想，真傷腦筋啊。

聽了我的說明，鈴宮歪了歪頭問：

「為什麼傷腦筋呢？交往多年的男朋友向自己求婚，應該覺得很幸福吧？」

「我還不想結婚啊，現在的生活太舒服了。」

轉過頭，我望向窗外。

公司在能直通澀谷車站的大樓裡，居住的公寓在惠比壽。遇到晴朗的日子，還能騎自行車通勤。簡直就是理想的都會生活。

「沒記錯的話，市原小姐的男朋友是妳讀筑波大學時的同學？」

「對，他現在也在那所大學當講師。」

「那不是很棒嗎？」

她交握雙手，「呀」了一聲。

「問題就在這裡啊……」

我的老家，位於茨城縣筑波市。

考上的大學，也是當地的筑波大學。

筑波大學常被人開玩笑說「學生同居率高」、「畢業後立刻結婚的情侶很多」。不過，這只是一部分人口耳相傳的所謂當地特色，可不是我說的喔，介意的人請別生氣。

「鄉下地方沒別的事好做，只好早早去結婚」——有些人會開這種玩笑，但絕對不能一概而論。儘管每次舉行「最吸引人的都道府縣排行榜」，茨城縣的名次都在倒數幾名，實際上，這裡非常適合居住。

從鎌倉來的嫂嫂也說：「以生活機能而言，茨城是很理想的城市。」

整個茨城縣中，筑波市又被稱為學園都市，也擁有許多大企業的研究中心，街道整齊美觀，公園佔地廣闊，還有很多時髦的國際連鎖咖啡店及商店。這裡的環境也非常適合育兒。所以，很多人因此愛上這個地方，就這麼定居下來。

然而，對從小嚮往都會的我來說，總覺得少了點什麼。

男友不可能辭去大學的工作。

這麼一來，一旦結了婚，我就得從筑波市內往東京通勤了。

或者，筑波市內也有我們公司的分公司。

只要提出申請，應該就能轉調過去。

要從地方分公司調到東京總公司很難，從東京總公司申請調到地方分公司就簡單多了。

那樣的話，爸媽也會高興我搬回家裡附近，說不定是一件好事。

可是，我是多麼拚命才擁有了現在的生活。

這種類似泡沫時代的價值觀，說來可能有點迂腐。但是，看那個年代連續劇長大的我，一直很嚮往成為「在大都會裡俐落工作的女性」。

怎麼也不想放棄現在的生活。

「別想那些什麼馬上就要轉調之類的事嘛，總之先通勤看看再說？不是可以搭筑波什麼線的電車嗎？」

「妳說的是『筑波快線』吧。」

「對對對，我記得搭那個的話，從筑波到秋葉原只要四十五分鐘不是？」

就算這樣也不容易啊。我苦笑起來。

「不然，還可以選擇分居兩地的婚姻啊。」

這麼說著，她豎起食指。

我頻頻搖頭。

「與其選擇分居兩地的婚姻，還不如別勉強結婚，維持現在這樣就好。」

說得好像也有道理。她這麼答腔。

「妳男友本來就是筑波人嗎？」

「其實不是，他老家在東京都內，因為討厭東京混亂侷促的感覺，才特地選擇搬去筑波的，跟我正好相反。」

『我喜歡這個充滿綠意的城市』。

他從以前就經常把這句話掛在嘴上。但我原本以為，畢業後找工作時，他還是會回東京。

沒想到，他竟然留在大學教書了……

然而，他確實就是這樣的人。

個性不拘小節，溫柔又溫暖。

不難理解，為什麼他無法適應大都會的氛圍。

我自己喜歡的，也正是這樣的他。

和他共度的時光是我的寶物。

雖然不想結婚，但我也不願分手。絕對不要。

可是，一旦拒絕了他的求婚，就很有可能演變成分手了。

這就是為何——

「……真傷腦筋。」

這就是為何我會這麼說。

現在的我，或許正站在該選擇工作還是婚姻的岔路口。

這時，手機忽然振動起來，把我嚇了一跳。

萬一是他打來的怎麼辦？

小心翼翼拿起手機確認，螢幕上顯示來電者的名字是「市原純子」。

是嫂嫂——哥哥的太太打來的。

「……難得姊會打電話來呢。」

我的嫂嫂和我，感情好得就像親姊妹。

平時也常互相傳訊，只是難得打電話。

發生什麼事了嗎？

我拿起手機起身，往走廊走去。

「姊，怎麼了嗎？」

「小聰企劃的活動很好玩喔，謝謝妳。」

我一接起電話，嫂嫂第一句話就這麼說。

「喔喔，妳是說萬博紀念公園那場……聽說你們在活動上領養了小狗？」

「嗯，還有各種手續要辦，所以小狗還沒正式到我們家。預計耶誕夜去接牠回來喔。愛由超開心的。」

「該不會因為認養會是我企劃的，你們才勉為其難認養吧？」

我心有愧疚，擔心地這麼問，嫂嫂立刻用爽朗的語氣回答「不是的」。

「是真的覺得跟那孩子有緣，所以反過來還想跟妳道謝呢。」

「別這麼說。妳就為了這事打電話給我？」

「啊，其實呢，從認養會回家的路上，我們去了IIAS，那時候啊……」

IIAS全名「筑波IIAS」，是筑波市內的大型購物中心。

那裡佔地廣闊，快有一座小鎮那麼大。商品種類豐富，幾乎沒有買不到的東西。我學生時代也常去，現在回想起來，每次回老家也必去。

「在珠寶專櫃附近，碰巧看到小諒專注挑選戒指，忍不住叫了他。他說，是在挑要送小聰妳的耶誕禮物。」

小諒就是我男友。

聽著嫂嫂略帶激動的聲音，我無奈聳肩。

如果他打算給我個美好的意外驚喜，卻不小心被我家人撞見，還跑來跟我報告，只能說太可惜了。

話雖如此，總覺得素來貼心的嫂嫂應該不會做這種不識時務的事才對啊……

「這事我本不該告訴妳，可是小聰妳常把『還不想結婚』掛在嘴上，我才想說，得先知會妳一聲才行。」

嫂嫂接下來這番話，聽得我一時之間不知如何回應。

的確，即使我早有預感，萬一實際上看到他拿出戒指，恐怕還是會困惑地說：

「你、你這樣我很為難。」

畢竟，在沒有心理準備的狀況下，我真的很有可能說出這種話。

如此一來，我和小諒的感情或許會產生裂痕。

正因嫂嫂深知我和小諒對結婚的態度不同，才會事先告訴我，讓我有個心理準備。

明明沒有血緣關係，她卻像是親生姊姊般看透我的心思，真的太佩服她了。

「……說的也是，謝謝妳。」

「別客氣。還有一件事，小聰啊……」

「嗯？」

「上次妳回來的時候，不是跟愛由說了嗎？『姑姑隨時都願意帶妳逛東京，可以來住我家。』」

話題突然轉變，我一時之間有點錯愕，只能點頭。

「是啊，我是說過。」

說是說上次，那也是中元假期時的事了。

「小聰小聰，東京真的很時尚嗎？是很棒的地方嗎？」

小學一年級的姪女愛由好奇地追問。

那時，嫂嫂還鼓著腮幫說：

「愛由，媽媽不是帶妳去過東京嗎？」

「可是，妳帶我去的是上野動物園耶！」

愛由說著，和母親一樣鼓起腮幫。

兩人的對話讓我笑出來，於是我說「好啦好啦，下次姑姑帶妳逛東京，隨時都可以來住我家喔」，這樣答應了愛由。

「……其實呢，那之後愛由每天都在問『什麼時候可以去住小聰家』，我快被她攻擊得招架不住了。可是，最近她又開始說『小狗馬上就要來了，到時候我就不能去住小聰家了』，一副又懂事又落寞的樣子……」

聽嫂嫂欲言又止地說完，我感到一陣愧疚。

沒想到自己隨口說出的話，卻成了姪女遙遙無期的等待。

那樣答應了她之後，至今過了四個月。

這四個月來，她或許一直都在等我主動說「來姑姑家住吧」。

如果是這樣的話，還真是對不起她。

嫂嫂知道我工作忙，才會始終沒跟我提。

「……抱歉啊，姊。小狗還沒到你們家吧？不然，這個週末怎麼樣？我正好休假。」

掛滿耶誕燈飾的街頭正美，現在來或許是個好時機。

「可以嗎？」

嫂嫂的語氣有點驚訝，我輕聲笑著點頭。

「嗯，可以啊。愛由生日時我大概也不能回去，算是提早送她生日禮物。」

「謝謝，那到東京這段路，我自己可以帶她過去。」

「喔，可以這樣的話就太好了。請姊先搭筑波快線帶她到秋葉原，我再去那邊接她。」

「抱歉喔，要麻煩妳了。愛由一定會很高興，她連要穿去東京的衣服都準備好了呢。」

這句話讓我聽了有些心痛。

連新衣服都準備了，可見她有多期待。

愛由明明這麼期待，我卻完全忘了答應過的事。

嗚嗚，對不起啊，愛由。

「那就星期六見嘍。時間確定後，我再聯絡妳。」

「嗯，謝謝。」

掛上電話，我直接回座位。

「該不會是男朋友打來的吧？」

鈴宮小雪再度好奇地湊上來，我咧嘴一笑回答：

「不是喔，是和別人的約會。」

咦？她驚訝得不斷眨眼。

「對方很可愛喔。」

我拿出存在手機裡的姪女照片。

「是要去跟這孩子約會啦。」

看到照片，她噗哧一笑。

「討厭啦，真的很可愛呢。」

「是吧？」

「親戚小孩嗎？」

「我哥的女兒。」

「那就是姪女嘍。我也有個年齡差很多歲的弟弟，小小孩就是可愛啊。」

「沒錯沒錯，就像孫子一樣，教人忍不住疼愛。」

「什麼孫子啦。不過，真的像妳所說，會想不顧一切好好疼愛他們。」

我笑著說，對啊對啊。

「好嘍，為了安心跟這可愛的孩子約會，得好好努力工作了。」

我重新打起精神，面向辦公桌。

2

就這樣，到了約好的星期六。

在事先講好的秋葉原剪票口等待時，嫂嫂帶著姪女愛由來了。

愛由穿紅色牛角釦大衣和擦得發亮的皮鞋。平常一頭直髮，今天似乎上過捲子，捲捲的像個洋娃娃。

看到她，我就忍不住眼角下垂，微笑起來。

「不好意思啊，小聰，麻煩妳了。」

嫂嫂一臉抱歉地對我雙手合十，我趕緊搖頭說不會。

「我自己也很期待呀。」

「那愛由就交給妳了。明天我們也約在這碰面吧，有什麼事隨時聯絡我。還有，保險起見，這個妳也帶著。」

說著，嫂嫂拿出萬圓鈔票和健保卡。

「健保卡我收下，錢就不用了啦。」

我笑著把鈔票推回去。

「那就這樣，愛由，我們走吧。」

我牽起愛由的小手。

「愛出，要好好聽小聰的話喔。」

「好～！」

「姊偶爾也好好享受一下東京吧。」

我和愛由對嫂嫂用力揮手，邁步往前。

「愛由想先去哪裡？」

我低頭詢問，愛由睜著發亮的眼睛抬頭看我說：

「晴空塔！」

「晴空塔喔……」

枉費我事前查了好多小女生會喜歡的店家和咖啡廳，這孩子竟然說要去這麼老套的地方，我不免心中嘀咕。

「因為我們班上沒去過晴空塔的人，就剩愛由和佑香了啦。媽媽只會說『有機會就帶妳去～』」

愛由氣呼呼地說。

「這樣啊。」

我為了忍笑，肩膀不住顫抖。嫂嫂一定也不想只為了看晴空塔就來東京啊。

難得今天稍微遠離育兒生活，希望她能在東京街頭好好享受一番單身的滋味。

「那我們就先去晴空塔吧。」

「嗯！」

我們精神抖擻地往前走。

「我想想要怎麼去晴空塔喔。」

搭電車移動最簡單，可是既然都大老遠來一趟了，我想讓愛由看看東京街頭的模樣，或許搭公車比較好。

這麼一想，便走到不遠處的公車站，搭上往晴空塔的都營公車。這條路線還會經過淺草，也挺有趣的。

奔馳的車內，愛由趴在車窗上。

「哇！」

抬頭睜大眼睛。

不知為何，從鄉下來的人都會抬頭往上看。

等到習慣東京都內的生活，就不再抬頭了。以前我來東京玩的時候，也總是抬頭仰望高樓大廈，感受都會的力量，內心充滿憧憬。

現在走在路上，已經不再抬起頭了。

仔細想想，別說看風景，說不定還總是低著頭走路呢……

一陣苦澀的心情翻湧，臉上露出自嘲的苦笑。

公車從隅田川上開過時，晴空塔映入眼簾。

「好大喔！好厲害！好厲害！」

愛由雙眼閃閃發光，發出歡呼。

忽然發現，這也是我第一次從這麼近的地方看晴空塔。

「嗯，好厲害呢。」

我和愛由一起點頭。

用全身肢體語言表達感動的愛由，讓周遭乘客看得忍不住輕聲笑起來。

旁人眼中，我們或許像一對從鄉下來的母女。

如果是真正的母親，可能會有點難為情吧。不過我只是姑姑。

和旁觀的人一樣，也能用莞爾的心情看著愛由。

「愛由，妳站那邊。」

「好～」

抵達晴空塔前，我用手機幫愛由拍紀念照。

等待入內的人大排長龍，愛由看了皺起眉頭。

「愛由，妳想排隊進去嗎？還是去其他地方？」

「愛由只是想近看晴空塔，不用進去了，我們去別的地方吧。」

「真的不用進去嗎？」

「嗯，朋友說『晴空塔裡面很普通』。」

這倒是沒錯。從外面看雖是高聳建築，裡面只是個普通的購物商場。

「那接下來，妳還想去哪裡？」

「人家想去原宿看看！」

我才一問，愛由就像早已準備好答案似的，馬上做出回答。

先是晴空塔，再來是原宿，還真是徹底的觀光客行程。

不過，今天就讓我陪妳盡情玩到底吧。

「好，那再來就去原宿！」

我們直接朝原宿前進。

3

「哇，好像祭典喔。」

在原宿車站下了車，才剛走到竹下通，愛由就有點興奮地這麼說。

東京不管到哪人都很多，其中，原宿更是特別有「祭典」氛圍的地方。

夾著窄窄的道路，兩側都是時髦的小店，或許真的有點像神社寺院前的參拜道吧。

這裡對愛由來說，正是投其所好的地方。

「好可愛，好可愛。」

她興奮得東張西望，蹦蹦跳跳。

看到賣可麗餅的店，愛由裙襬飛揚，轉身問我：

「小聰，可以吃那個嗎？我有帶零用錢來。」

「可以啊，讓小聰姑姑請客吧。」

我買了可麗餅，和愛由一起在冬日天空下吃。

之後，我們在「KIDDY LAND」耗了不少時間，不知不覺太陽都下山了。

「肚子應該餓了吧？」

「不，愛由還一點也不餓。」

這孩子一定是興奮得管不了食慾了。

「對了對了，今天我想帶愛由去個很棒的地方喔。」

「很棒的地方？」

「在我家那邊，有個亮晶晶的漂亮地方。」

這麼一說，愛由就跳了起來。

「哇，我要去，我要去！」

我們回到原宿車站，搭上山手線，往惠比壽前進。

這段期間，惠比壽花園廣場的散步道上，正在舉行冬季燈飾秀。

天也快黑了，現在去正好。

雖然人一定很多，只是看一下的話，應該還好。

從這裡到惠比壽車站，差不多五分鐘。

出了車站，聽見讓人想起「惠比壽啤酒」廣告的音樂。

接下來得在車站裡走一段距離不短的路，幸好有電動步道「Sky walk」，年幼的愛由才不至於累得走不動。

惠比壽花園廣場原本是SAPPORO啤酒工廠的遺址，現在重新建設成一棟大大的複合商業設施。

冬季的主要看點，是用大約十萬個電燈泡做成的耶誕燈飾，視覺效果相當震撼。此外，還有世界最大規模的法國巴卡拉水晶吊燈。通道盡頭時鐘廣場上的巨大耶誕樹，也是這裡的知名景點。

愛由站在燈飾前發出「哇啊啊啊啊」的讚嘆聲，激動得身體顫抖。

「很厲害吧？」

當然，這裡人也很多。不過，或許因為太陽還沒完全下山的關係，不到擠得水洩不通的程度。

「嗯、嗯！」愛由用力點頭。

「小聰姑姑小時候啊，看了在這個時鐘廣場拍的電視劇，就想說長大以後一定要住在這裡。」

最初的動機，只是單純的嚮往。

曾幾何時，嚮往成了夢想，又成為目標。

現在，我已經將那目標抓在手中了。

這樣的我，如今再訪這個地方，除了深深感慨外，還有一點不甘心。

總有一天，自己也好想經手這麼大的活動。

我苦笑起來，果然無法放棄工作啊。

「好厲害喔，好像走入銀河的感覺。」

「喔！愛由，妳形容得很棒耶。」

在時鐘廣場的耶誕樹前拍照，沿著斜坡上的散步道前進，來到中央廣場時，我伸展了一下筋骨說「那麼——」。

「真的差不多餓了呢。」

「嗯，愛由也是。」

「是不是？吃什麼好呢？」

現在先決定要吃什麼，把餐廳預約下來比較好。

正當我這麼想時，愛由「啊」了一聲。

「怎麼了？」

「剛才，有一隻白色蓬鬆的貓對我說『過來這邊』。」

愛由做出招手的動作。

怎麼可能有這種事。我朝愛由指的方向望去，還真的看見一隻白色波斯貓，用尾巴撥開人潮往外走。

不可思議的是，熙來攘往的行人像是都沒看見這隻白貓。

我和愛由面面相覷，追上白貓的腳步。

跟著白貓，來到侯布雄城堡餐廳前的廣場。

剛才身邊還擠滿了人潮，現在卻像退潮似的，人群逐漸散去。

從橘紅轉移為深藍的漸層夜空中，掛著大大的月亮。

下面是真的宛如城堡聳立的餐廳，而前方廣場上停著一輛行動咖啡車。

還看得到一個寫著「滿月咖啡店」的招牌。
剛才那隻白色波斯貓，站在行動咖啡車前搖著柔軟蓬鬆的尾巴。
「啊、是剛才的貓咪！」
愛由這麼一說，白貓就走進咖啡車裡了。
「……那間店，在認養小狗時也有看到。」
愛由彷彿自言自語地低喃，我應了一聲「是喔」。
舉辦認養會的地方，應該是筑波某處的公園吧。雖然我參與了活動企劃，實際會有哪些店家來擺攤，我也沒掌握得太詳細。
「既然是行動咖啡車，到處移動也不是問題嘛……」
儘管嘴上這麼說，我還是狐疑地想，車子要怎麼開進來這裡呢？一邊想，一邊走向那輛行動咖啡車。
「歡迎光臨。」
車內走出一隻幾乎有兩公尺高的巨大三花貓。
身穿白色襯衫還打領帶，圍圍裙。

「唔！」

我大吃一驚，身旁的愛由則「啊」地叫起來。

「那隻貓也有在喔。」

「在公園嗎？」

「嗯，人家叫他店長。」

這樣啊，我拍拍胸口，鬆了一口氣。

原來是有布偶裝店長的行動咖啡車啊。

話說回來，這布偶裝製作得也太精緻了，真教人驚訝。

貓店長指了指咖啡車前的桌椅，說聲「請坐」。

散步道上仍有許多群眾，氣氛也很熱鬧，偏偏城堡餐廳前的廣場上沒有其他人，感覺一切都不像真的。

我困惑地想，到底是怎麼回事。

「晚安，請給我好吃的東西！」

愛由坐上椅子，用開朗的聲音這麼說。

我苦笑著，把手放在她背上。

「有什麼好吃的東西，要請店家給我們看菜單才知道啊……」

沒想到，店長搖了搖頭說「不」。

「『滿月咖啡店』不提供客人點餐，而是由我們為您製作甜點、餐食和飲料等極品美食。」

愛由也在一旁點頭附和「對啊」。

「上次店長也有說『不提供點餐』。」

「是喔，原來是這樣，有點好玩耶。」

我點點頭，驚訝地想，這間店還真強勢。

「此外，本店基本上只在滿月或新月之夜開店，唯獨這個月比較特別，會在月色美好的夜晚開店。」

這個月比較特別，是因為耶誕時期的關係吧。

換句話說，這是一間不接受客人點餐，每個月只開兩次左右的咖啡店。

大概不是以此為本業，只是做興趣的。

既然如此，或許對口味也有其堅持，值得期待也說不定喔。

我和愛由一邊說「那就麻煩了」，一邊在咖啡車前擺出的桌椅旁坐下。

店長朝愛由呵呵一笑。

「再次跟您說聲好久不見。」

「嗯，上次小狗的事謝謝你，我好期待牠快點來我們家喔。」

「那孩子就請多多照顧了。那麼，餐點請稍候。」

店長說著，走進行動咖啡車內。

到底會端上什麼美味的東西呢？我和愛由既興奮又期待。

不久，出現兩位身形高挑的美女。

一位金髮，另一位是黑髮。

兩人都將長髮在腦後綁成一束馬尾，穿白色襯衫和黑色圍裙。

似乎戴了有色隱形眼鏡，金髮美女有著藍色的眼睛，黑髮美女的眼瞳則是紫色。

「久等了。」

只見她們俐落地將水杯和盤子放在桌上。

盤子裡除了有溫熱的水煮綠花椰菜、紅蘿蔔、櫛瓜、馬鈴薯、南瓜和蓮藕，還有維也納熱狗、厚切培根和水煮蝦仁。

她們又在桌面中央放了一個小爐子，點火後放上鑄鐵鍋。

鑄鐵鍋中，是融化後濃稠的起司。

「哇，是起司鍋！」

我和愛由眼睛都發亮了，嘴裡頻頻驚呼。

「是的，這是『巨蟹座起司火鍋』。請享用浸飽了滿滿月光的起司和沐浴在太陽光下成長的水煮蔬菜。」

金髮美女微微一笑。

接著，黑髮美女端出了葡萄酒瓶。

「請搭配『星星碎片葡萄酒』……」

她的表情沒什麼變化，語氣也沒有高低起伏。

看來是一位很酷的小姐呢。

黑髮美女不等我回應，就把白葡萄酒倒入葡萄酒杯中。
那明明是單純的白酒，也不是氣泡酒，不知為何看起來閃閃發光，像無數的星光閃爍。
「給小小姐喝的，是這杯『晝夜綜合果汁』……」
金髮美女眨了眨眼，幫愛由將果汁注入杯中。
那是有著淡淡黃色與葡萄紫色兩種顏色混合的果汁。
我和愛由都「哇」了一聲，把臉湊向杯子。
「好美喔，這是葡萄汁？」
「是的，不過，不光只是那樣，還加了檸檬汁。」
檸檬？愛由皺起臉來。
「愛由討厭酸的東西。」
於是，金髮美女呵呵一笑。
「不用擔心，這是沐浴在滿滿耀眼陽光下的檸檬，帶有清爽的甜味喔。葡萄則是在月光下熟成過的，有著濃厚的甘甜滋味。」

難怪叫「晝夜綜合果汁」啊，我恍然大悟。

「謝謝妳！」

愛由這麼道謝，眼神閃閃發光。

「那麼，請慢用。」

她們同時低頭致意。黑髮美女邁開大步很快地走回咖啡車，金髮美女則對愛由揮手說「再見嘍」，才回到車上。

兩人簡直就像好萊塢的女明星。

我們目送她們背影離去後，愛由拿起玻璃杯說：「小聰，來乾杯吧。」

我的視線立刻回到愛由身上，微笑舉杯說「好啊」。

愛由的杯子也是葡萄酒杯。

不過，形狀和我的酒杯有點不同。或許是專門給小孩子用的吧，設計成杯柱較短，掉落也不容易摔破的穩重形狀。

「好棒喔，愛由也好像大人一樣。」

自己也能使用酒杯，讓愛由高興得不得了。

看到她這樣，我也很開心。

我們說著「乾杯」，酒杯相碰。

我喝一口冰得透心涼的「星星碎片葡萄酒」。

嗆辣中帶點甘醇的口味。

我緊閉雙眼。

「好好喝，滲透了全身。」

愛由也喝一口那美麗的綜合果汁。

「不酸耶，好好喝喔。」

然後，整張臉都綻放了笑容。

「那我們就來享用餐點吧。」

「嗯！」

我們雙手合十，說聲「我要開動了」，拿起起司鍋專用的叉子。

叉起一塊法國麵包，放入鑄鐵鍋。

長長牽絲的起司，看起來也閃閃發光。

輕輕送入嘴裡。

像未熟成的起司一樣新鮮爽口，味道卻又有熟成起司的濃郁。不只如此，口感絲滑不膩。

完全是大人小孩都能享受的滋味。

好吃。這究竟是哪裡的起司啊？

我一邊想，一邊喝葡萄酒。

這時，我發現這道起司鍋和葡萄酒實在搭配得太絕妙，忍不住摀住嘴巴。好吃得受不了啦。我閉起眼睛，聽見愛由高聲說「啊、店長」。

不經意轉頭，看見從咖啡車上下來的大貓店長，手上端著一個托盤走來。

他把盤子放在桌上。

上面是小小圓圓的可樂餅。

「久等了。『巨蟹座起司火鍋』的主菜就是這道『巨蟹座奶油可樂餅』。也請用這個沾起司吃吧。」

「巨蟹座的奶油可樂餅，應該是蟹肉奶油可樂餅口味吧？」

店長點頭說「是的」，我情不自禁笑出來。

「現在明明是射手座的季節，我還想說為什麼把起司鍋取名為『巨蟹座起司火鍋』，原來是從這道蟹肉奶油可樂餅來的啊。」

店長笑瞇了眼睛。

「這也算原因之一，不過，更重要的是因為，妳的『月亮』落在『巨蟹座』，這是特地為妳準備的。」

「巨蟹座？不對啊，我不是巨蟹座，我是天蠍座。」

「我指的是『月亮星座』。可以叫出妳的太陽和月亮星座圖以及出生圖嗎？」

我有些錯愕，愣愣地說「嗯」。

店長從口袋掏出懷錶，喀嚓一聲按下龍頭。

瞬間，玻璃錶面發光，在夜空中投射出類似鐘錶的圖樣。

愛由「哇」了一聲，眼神閃閃發光。

「店長，你好像魔法師喔。」

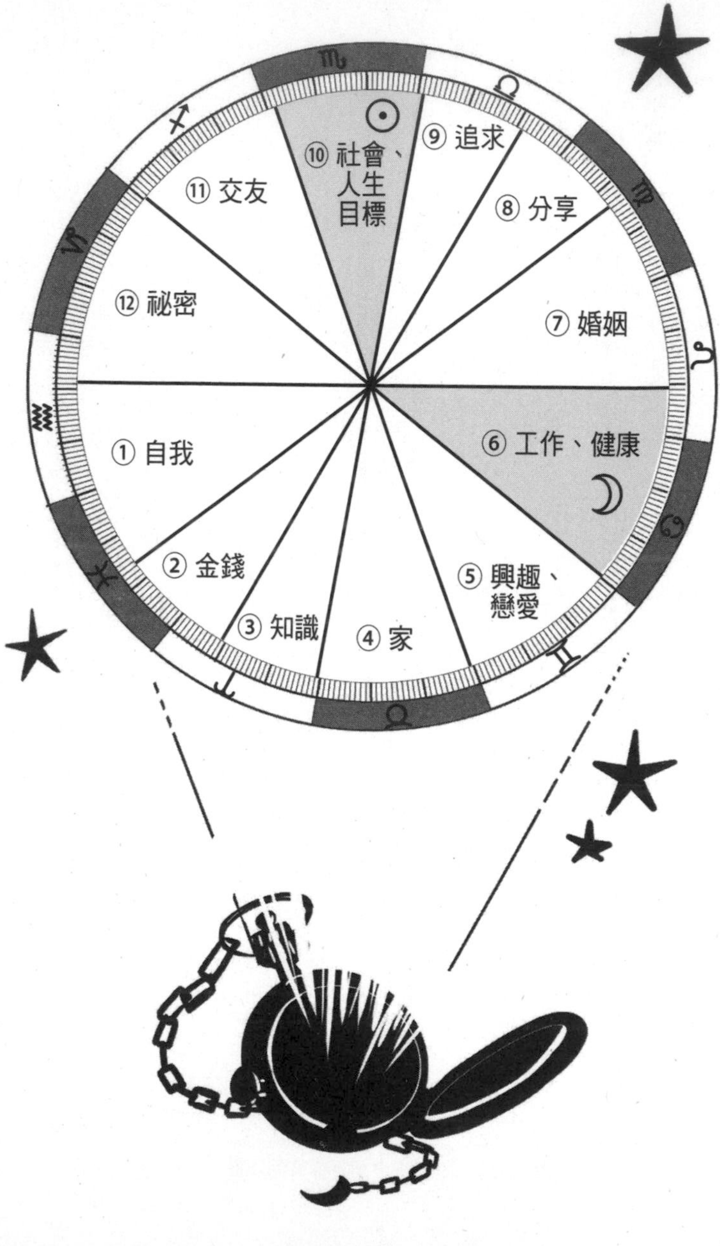

⑩ 社會、人生目標
⑨ 追求
⑧ 分享
⑦ 婚姻
⑥ 工作、健康
⑤ 興趣、戀愛
④ 家
③ 知識
② 金錢
① 自我
⑫ 祕密
⑪ 交友

這是星盤喔。我強忍這麼告訴愛由的衝動，只說了句「對啊」。

投影在夜空中的圖樣，是西洋占星術中的星盤。

將一個圓分成十二等分，加上①到⑫的編號。

仔細一看，月亮在「⑥」的位置，太陽則在「⑩」的位置。

「妳的太陽落在第十宮呢。一如圖中所示，第十宮位於出生圖的頂點，代表的是『社會、人生目標』。太陽在這個宮位，暗示這個人有強大的工作運，對自己理想中的成功狀態展現很大的野心。此外，妳的星座是天蠍座，這表示妳在工作上也堅持持續學習……」

我只能愣愣地答腔。

「還有，對女性而言，太陽象徵男性，妳應該很尊敬父親，也希望結婚對象最好是能讓自己尊敬的人吧。」

他說得沒錯，我不由得咕嘟吞下一口唾沫。

雖然現在已經退休，但我父親過去是一位教師。

我打從心底尊敬這樣的父親。

「月亮則在妳的第六宮呢。第六宮是掌管『工作』的宮位。從出生圖來解讀，妳應該具有每天忙碌工作才會感到安心的傾向。太陽在第十宮，月亮在第六宮，光看這兩個地方，就知道妳是個標準的工作狂。」

我下意識發出「嗯嗯」的聲音答腔。

「可是，妳的月亮星座是巨蟹座。換句話說，妳需要另外一個能令自己安心的所在。」

圓餅圖上，有著月亮符號的位置外圍，看得到一個標示巨蟹座的「♋」符號。

「『月亮星座』是不是跟一般星座不一樣？」

店長點點頭說「對」。

「妳所說的『一般星座』，指的是太陽星座。太陽星座就像妳的招牌。月亮代表的則是內側、本質及本能，也就是不假修飾的一面。這樣的月亮落在『巨蟹座』時，表示妳在巨蟹座的環境下才能打從內心感到安適。」

巨蟹座的環境又是怎樣的環境啊，我望向店長。

「什麼是巨蟹座的環境呢？」

「這個嘛……」

於是，店長做了關於巨蟹座的說明。

剛才他說的話，全都有被說中的感覺，唯獨關於巨蟹座的內容，總覺得沒搔到癢處。

「喔……」我發出錯愕的聲音。

這時，愛由朝店長傾身。

「貓先生，聽我說，愛由我啊，是射手座喔！十二月二十日生的，生日就快到了。」

店長像是早就知道一樣，微笑說「這樣啊」。

「小小姐的月亮星座也是射手座呢。所以，我們特別為這樣的妳準備了射手座的甜點喔。還有這個，或許也能療癒月亮星座在巨蟹座的妳。希望今晚，能成為妳察覺自己內心真正心願的夜晚。」

說完，店長低頭鞠躬後，離開了桌邊。

「『真正的心願』……？」

他在說什麼啊？

我皺起眉頭，愛由已睜大閃閃發光的眼睛，整個人往前傾。

「小聰，可樂餅也好好吃喔。」

「啊、嗯。」

用叉子叉起一塊如星球般圓滾滾的可樂餅，裹上起司。

吃一口發現，可樂餅的奶香和起司相輔相成，相互襯托出彼此的鮮美滋味。

我和愛由說了好幾次「好好吃、好好吃」。

吃完可樂餅，甜點也端上桌。

「這道甜點，是撒上了滿滿星星碎片的『射手座蘋果糖葫蘆』。用射手座的箭穿過蘋果，做成『蘋果糖葫蘆』。」

一如其名，蘋果糖葫蘆頂端有一把射穿的箭。

鍍上一層糖衣的糖葫蘆表面散發光澤。上層撒滿了宛如金粉的砂糖粉。那把箭其實是一把小刀，可用來直接切下蘋果糖葫蘆。蘋果從頂端挖空，抽去中心的果核，裡面倒入溫暖的蜂蜜。

所以，蘋果比想像中還好切開。

一切開才知道，蘋果的果實分成了兩層。

靠近果皮那層吃起來冰冰涼涼，有沙沙的口感，內層則是柔軟的糖煮蘋果。

兩層吃起來都和最外側脆脆的糖衣及糖粉搭配得天衣無縫。

中央的溫暖蜂蜜溢出，裹著蘋果肉一起吃，真正是入口即化。我忍不住握住拳頭。

「好好吃喔，跟愛由以前在祭典上吃過的蘋果糖葫蘆都不一樣。」

細細品味後，愛由這麼說，我也深表贊同。

「跟小聰姑姑吃過的蘋果糖葫蘆也都不一樣。」

「那這應該就不是蘋果糖葫蘆了吧？」

「不、這是蘋果糖葫蘆喔。同樣都是蘋果糖葫蘆，光靠店家費的心思和工夫，就能呈現這麼大的不同。」

「好厲害喔。」

「嗯，我第一次吃到這麼奢侈的蘋果糖葫蘆。」

我們盡情享用了甜點，度過一段非常開心的時光，回過神時，已經離開廣場了。

4

「好像做了一場夢……」

走出花園廣場，我發出伴隨嘆息的喃喃低語。

真的就像一場夢，吃完站起來時，身邊的廣場瞬間湧入人潮。

正打算走去付帳，才發現行動咖啡車不知何時消失了。

這種狀況該如何是好呢？

我們這樣沒付錢就跑掉，算吃了霸王餐嗎？

不、跑掉的是店家，應該不算吃霸王餐吧。

歪頭想著這些事時，愛由拉了我的手。

「小聰，前面有便利商店。」

我這才回神，一邊說「嗯嗯」一邊點頭。

剛才跟愛由說了要去便利商店。

「那我們去買東西吧。」

「嗯，愛由最喜歡便利商店了！」

我們直接進入店內，買了明天要吃的麵包，還有回家後可以吃的零食。

「在我們家，晚上吃零食會被罵喔。」

一出店外，愛由就看似不安地這麼說。

我呵呵一笑，在唇邊豎起食指。

「今晚特別破例。不過，吃完要好好刷牙唷。」

「嗯！特別破例！」

愛由興奮地點頭。

我住的公寓，在從車站走路就能到的地方。

話雖如此，也只是個一房一廳的小公寓。

「哇，好漂亮。」

一進家門，愛由就張開雙手這麼說。

為了愛由要來，我特地打掃過。不過，從小嚮往都會生活的我，確實在這裡打造了一個風格簡約的房間。
「愛由，妳今天睡那裡喔。」
說著，我指向屋內挑高的小閣樓。
「哇，好棒喔。可是，小聰睡哪？」
「我睡下面沒關係。先別管這個了，愛由，來乾杯吧。這是續攤喔。」
「嗯，續攤！」
愛由從袋子裡拿出我們買回來的零食，擺在桌子上。
她買了葡萄汁，我則是喝啤酒。
「乾杯～」
用啤酒和葡萄汁乾杯。
「愛由，妳喜歡喝葡萄汁啊？」
「剛才那間店的果汁太好喝了，想再多喝一點。可是，便利商店賣的不是綜合果汁。」
「當然嘍，那樣的飲料不是到處都買得到的呢。」

愛由點點頭說「也對」，又嘿嘿一笑。

「那個大姊姊頭髮的顏色好像檸檬喔。」

「嗯，像太陽光芒一樣美麗的金髮。還有那位黑髮的小姐，眼睛的顏色是漂亮的葡萄紫呢。」

那杯綜合果汁，簡直就像她倆給人的印象。

「檸檬色頭髮的姊姊很活潑有精神，黑頭髮的姊姊個性很害羞喔。」

「很害羞？」

就我看來，只覺得她給人一種冷酷的印象。

「嗯，她非常害羞。」

這麼說來，我才想起聽嫂嫂提過。

愛由是個這方面感受力相當敏銳的孩子。

如果愛由說得沒錯，黑髮美女之所以面無表情，講話方式平坦無起伏，並不是態度冷淡，都是因為害羞的緣故啊。

這麼一想，就覺得真是可愛，不禁嘴角上揚。

「愛由，妳每次都能像這樣察覺到嗎？」
「像這樣是怎樣？」
似乎不太明白我的意思，愛由露出一頭霧水的表情。
「嗯，沒事啦。對了，愛由，跟小聰姑姑說說妳的近況吧。學校怎麼樣？和幼稚園不一樣吧？」
「完全不一樣。我已經上小學，是姊姊了。」
愛由抬頭挺胸，自豪地這麼說。
「幼稚園畢業那時，是誰哭著說要一直念幼稚園的啊？」
「那已經是從前的事了。」
噘起嘴巴的愛由，看得我噗哧一笑：「原來已經是從前的事了啊？」
「還有啊，那個時候啊，愛由啊……」
聊著聊著，終究是累了吧，愛由揉了好幾次眼睛。
「愛由，快去刷牙，準備睡覺吧。」
「……嗯。」

愛由睜著惺忪的睡眼刷牙。

洗澡怎麼辦呢？

看她這麼睏，還是明天早上再洗吧。

一邊這麼盤算，一邊讓愛由上小閣樓睡覺。

我從閣樓下來，心想至少確認一下信件，就把筆電打開，開始工作。

不久，頭上傳來低低的啜泣聲。

我嚇了一跳，趕緊爬上梯子。

「愛由，妳怎麼了？」

驚訝之餘這麼問她。

「……嗚嗚……嗚嗚。」

愛由用枕頭摀住臉，哭個不停。

我不知所措，坐在她身旁，摩挲她的背。

「愛由，哪裡痛嗎？要不要緊？」

愛由搖頭說，沒有哪裡痛。

「媽媽……」

低著頭，勉強擠出聲音。

「……愛由。」

即使看起來成熟懂事，畢竟是個小女孩。入夜後還是會害怕，還是會想媽媽吧。

「沒事沒事，媽媽明天就會來接妳了。」

我一邊這麼說，一邊在愛由身邊躺下。

「小聰……」

小小的腦袋倚靠在我胸口。

怎麼會這麼可愛呢？我輕輕撫摸她的頭髮。

即使那麼期待來我家過夜，終究還是最愛媽媽呀。

這麼說起來，小時候的我也是這樣。

一個人去住附近的朋友家玩，晚上在她家過夜時，半夜哭了起來。最後還是勞煩爸媽來把我接回家。

那時，我哭著抓緊的不是爸爸，而是媽媽。
我的母親是專職家庭主婦。
雖然高興媽媽總是在家，但她看上去一點自由也沒有。
從小到大，看著媽媽討好爸爸的樣子，讓我立志當個獨立的女人。
就在這樣的想法中，哥哥二十五歲那年，和他從大學時代開始交往，年紀也一樣大的純子姊結婚了……
這對年輕的夫妻，嫂嫂和哥哥一樣外出工作賺錢。
夫妻關係公平對等，彼此尊重對方。
看在我眼中，哥哥嫂嫂非常耀眼。
我嚮往他們兩人的相處模式，自己未來也想和這樣的人成為夫妻。
可是，哥哥嫂嫂一直沒有孩子，我想嫂嫂應該很難受。
他們也做了好長一段時間的不孕治療。
最後，皇天不負苦心人，努力之下終於懷了愛由。就我看來，這條求子之路真是辛苦極了。

生下愛由之後，嫂嫂成為專職家庭主婦。

即使愛由現在已經成為天真爛漫，懂事聽話的好孩子，嬰兒時期的她其實經常啼哭，是個不好照顧的小孩。

看到那種狀況，我實在不認為自己做得到。老實說，也難以理解嫂嫂為何願意拋棄工作，選擇和孩子共度的時光。

可是，現在，我似乎能理解她的心情了。

對愛由而言，母親是世界上最重要的人。

成為「孩子最重要的人」的期間不可能永久，一分一秒都很珍貴，想和孩子一起度過。嫂嫂一定是這麼想的吧。

為此，嫂嫂不惜放棄累積多年的職場資歷。

我抱住愛由小小的身體，輕輕閉上眼睛。

聽著愛由的鼾聲，我輕聲低喃：

「有點羨慕嫂嫂了呢。」

腦中閃過「滿月咖啡店」店長說的話。

5

隔天。

我帶著愛由，再次前往秋葉原車站。

「愛由，小聰！」

嫂嫂已經在秋葉原車站票口前等了。

想來，她抵達的時間一定比約定時間提早許多吧。

「媽媽！」

愛由一看見母親的身影，立刻飛奔上前。

「愛由，玩得開心嗎？」

「嗯！我們去看了晴空塔，還去了原宿，晚上在城堡前吃起司鍋喔。」

愛由像機關槍似的劈哩啪啦報告起來。

嫂嫂一邊「嗯嗯」答腔，一邊對我說：

「小聰，真是多謝妳了。」

我搖頭說「不會啦」。

「不過，即使只帶孩子一天也很累人吧，真是謝謝妳。愛由，要好好跟小聰道謝喔。」

嫂嫂蹲下來，看著愛由的眼睛這麼說。

愛由點頭說「嗯！」，轉向我深深低下頭。

「小聰，真的非常謝謝妳。」

「別客氣，我也要謝謝妳。」

我也低頭回禮。

「那我們走吧。」

「嗯，小聰再見。」

笑容滿面的愛由對我揮手，跟著嫂嫂走出去。

「再見嘍，愛由。」

我也笑著揮手，心中湧上一股難以言喻的情感。

除了慶幸把孩子安全送回母親身邊的安心感外，也因為可以不用再照顧小小孩，有一種獲得解脫的感覺。

可是，最重要，也是佔據內心最多的情緒，卻是「失落感」。

——怎麼辦，好想哭。

愛由的雙馬尾邊走邊搖晃。

漸行漸遠的小小背影。

目送她們離去，鼻子一陣酸楚。

似乎感覺到我的視線，愛由回過頭用力揮手說「Bye-bye」。我忽然寂寞地喘不過氣，也朝她用力揮手。

不能哭。

要是我現在哭出來，未免太莫名其妙了吧。

不過是姪女來家裡住一晚，現在要回去了而已。

就只是這樣啊。

即使如此，終於看不到愛由與嫂嫂身影後，我的眼淚彷彿潰堤一般汩汩流下。

為什麼會哭成這樣，自己也不明白。

只是不斷流著熱淚。

「……」

這時，我第一次發現。

——希望今晚，能成為妳察覺自己內心真正心願的夜晚。

我想起昨晚，店長在說明巨蟹座時說的話。

巨蟹座象徵的，似乎是「家庭與家人」。

我的太陽在第十宮，月亮在第六宮，工作這件事很符合這樣的我的特質。

同時，月亮在巨蟹座的我，卻也追求著「家庭與家人」——

乍聽到店長這麼說時，我覺得沒有很準。

頂多只是想到，有時會莫名想回老家，或許就是因為這樣吧。

可是，不對。

我只是在裝模作樣。

其實是因為被說中了，內心大吃一驚。

我根本就是裝作若無其事的樣子，連自己都想糊弄帶過。

其實，我早就對獨自工作打拚這件事感到極限了。

雖然喜歡工作，一工作就陷入缺氧狀態。

每次覺得快呼吸不到空氣了，就會尋求男友的溫暖，或回老家玩一玩。

然而，每當結婚兩字掠過腦海，我又會刻意甩開。

這是因為，從小看著媽媽和嫂嫂，我一直認定家庭和工作只能二選一。

既然如此，當然要選工作。

我喜歡工作，因為這是好不容易掌握在手中的夢想。

可是，內心仍有難以割捨的「願望」。

心底深處，始終渴望擁有「自己的家庭」。

遇到滿月咖啡店的店長後，我才總算察覺自己過去沒察覺的內心想法。

曾幾何時，我把自己一心嚮往的生活變成了「詛咒」。

「都已經過著自己那麼嚮往的生活了，我一定很幸福」，這樣的想法如詛咒般束縛著我。

還有另一個詛咒，也擅自在我心中茁壯成長。

那就是「工作和家庭只能選一個，兩個都想要是奢侈的願望」——這個詛咒，讓我連自己內心真正的願望都看不見了。

和愛由共度的這個特別的夜晚，或許解除了束縛我許久的詛咒。

「居然連自己都沒察覺自己內心真正的想法……」

我輕聲嘟噥，擦乾眼淚。這時，手機傳來收到通知聲。

拿起來一看，是男友傳來的訊息。

「聰美，關於耶誕夜的事，妳覺得如何呢？無論多晚我都願意等。」

啊！我遮住發出驚呼的嘴巴。

對喔，還沒回覆他。

嘴角微微上揚，我開始打回覆的訊息。

「抱歉這麼晚才回覆。耶誕夜，我會盡量早點結束工作，我們一起過吧。」

我也想和他共度特別的節日。

收到他傳來「謝謝」的貼圖。

怎麼搞的，又想哭了。

喜歡工作和喜歡東京的念頭沒有改變。

我也不想為了他，拋棄至今努力而來的一切。

只是，我想和他共組家庭。

為此，可以和他商量怎麼做對彼此都好。

今後會如何發展，誰也不知道。

可是，我決定不要逃避，誠實面對。

對我來說，工作和家庭都不可或缺。

這種話說起來或許像那晚的蘋果糖葫蘆一樣奢侈，但這也是沒辦法的事。

誰教我生在這樣的星星之下呢——

總之……

「為了擁有美好的耶誕夜，加油吧。」

用力抹掉眼淚，帶著宛如經過一番洗滌般的爽快心情往前走。

第二章　新月蒙布朗與奇蹟之夜

1

八歲那年的耶誕節，父親車禍身亡。

十六歲那年的耶誕節，有了新的父親。十八歲那年的耶誕節，弟弟出生了。

在家總顯得侷促的我，升上專門學校的同時就自己搬出去住，不知不覺今年都二十二歲了。現在的我，已經是個社會人士。

對這樣的我來說，耶誕節……是最討厭的一天。

「沒問題的，商店街那邊由我去打招呼就好。」

我——鈴宮小雪堆出滿臉笑容，對約聘公司的團隊主管市原聰美這麼說。

她一臉抱歉，垂著眉毛問：

「真的沒關係嗎？」

「對啊，市原小姐，請快回去吧。妳晚上不是跟男朋友有約？」

即使我這麼說，她臉上還是掛著一樣的表情。

我毅然決然轉向她說：

「工作當然很重要，可是，我認為私人生活也一樣重要喔。」

「說這種話的鈴宮妳自己又是如何呢？今天可是耶誕夜，難道對妳來說，不是特別的日子嗎？」

「當然是啊！不過，深夜前我沒有任何預定計畫喔。」

「妳跟男朋友約那麼晚啊？」

「不、我沒有男朋友。」

「那深夜有什麼事嗎？」

「我喜歡的偶像明星，今晚十二點準時舉行耶誕演唱會直播喔。超期待的啦，這就是我生存的意義。在那之前我多的是時間工作，又可以賺加班費，對約聘員工來說是值得感謝的事。」

我手握拳頭，刻意裝出開朗的語氣這麼一說，她才安心似的笑起來。

「那就聽妳的嘍，今天的會場，交給妳可以嗎？」

我挺起胸膛說：「好的！」

「……耶誕夜當天居然可以準時回家，這還是我進公司以來的第一次。」

她用手摀住胸口，說得一副自己都難以置信的樣子。

我輕聲笑著表示贊同。

「對你們這種辦活動的公司來說，這天一定很忙的嘛。」

這話說得不干己事，是因為我知道，自己充其量就是個局外人。

學業成績不上不下的我，認為與其上普通大學，不如去讀商務專門學校，培養一些技能比較好。

然而，從專門學校畢業之後，工作依然不好找。到最後，我只能先一邊當約聘員工，一邊尋求升上正式員工的機會。

就這樣，過了兩年。

因為擁有專業技能和執照，我會做的事還不少。因此，倒是不愁找不到約聘工作。只是，至今已經換過好幾間公司，不管哪個企業都沒有升我當正式員工的意思。

這樣的我，現在來到這間廣告公司，隸屬活動企劃部門。

聽到活動企劃，或許很容易聯想到跟媒體往來的光鮮亮麗工作。不過，這個部門經手的不是那種大案子。

最近接到的，多半是幫市町村公所或社區互助會企劃活動的案件。

「我們鎮上想辦這種活動，該怎麼企劃比較好呢？」

接受業主這樣的諮詢後，由我們負責企劃並幫忙辦活動。

之後，再把製作活動傳單等廣告方面的工作也承接給公司。

一個案子剛展開時，雖然也需要跟業主碰面開會討論，之後主要還是回到辦公桌前工作。

不過，活動當天依然需要到現場露個臉，打打招呼。

我總覺得，在網路普及的現代，這種做法似乎有點過時了。

可是，光是像這樣實際面對面談話，就能給業主留下深刻印象喔。

然後才會有「下次」。

——我的主管市原小姐總是這麼說。

「可是，真抱歉啊。上次鈴宮才代替我去了茨城縣的活動，這次又……」

前些日子，我們團隊幫茨城縣筑波市企劃了一個名為「忘年收穫祭」的活動。身為團隊領導人的市原小姐當天本來要親自去跟業主打招呼，卻因為一點小差錯去不成，改由手邊正好沒事的我代替她前往。

「這種小事，請別介意啦。畢竟那個活動我也有幫忙啊。」

說的也是。她微笑著說。

「送養會的點子還是鈴宮妳想出來的呢。」

「就是啊。再說，這次的活動我也有經手，就讓約聘員工也留下個美好回憶吧。」

聽到我這麼說，她一時為之語塞。

因為，我的合約只簽到明年三月。

「那就這樣，我先去會場嘍。」

我刻意促狹地笑了笑，抓起托特包站起來。

「謝謝，麻煩妳了。」

「好喔，交給我吧。」

我做個敬禮的姿勢，走出辦公室。

踏上走廊時。

「鈴宮小姐總是那麼開朗又活潑。」

「嗯，雖然是約聘員工，團隊的氣氛都是靠她炒熱的呢。」

背後傳來這樣的聲音。

本來，這該是令人聽了開心的話。

可是，踏入沒有其他人的電梯那一瞬間，表情從我臉上消失。

「開朗又活潑，有點大剌剌，擅長為團隊炒熱氣氛的人。」

不管到哪，我得到的都是這樣的評語。

這也難怪，因為我一直表現出這個模樣。

一直扮演著這樣的角色。

從四面玻璃的電梯廂中俯瞰澀谷街道。

正值年末的關係，街上色彩繽紛。

到了晚上，燈火一定會更絢爛吧。

乍看之下華美亮麗。

可是，仔細看就會發現，街道有點骯髒。

叮的一聲，電梯門打了開。

我刻意揚起嘴角，踏出電梯，走進一樓大廳。

公司所在的大樓直通澀谷車站，交通便利得無話可說。

我搭上山手線的外環班次，嘆了一口氣。

2

搭了三十分鐘左右的電車。

目的地是位於日暮里的谷中銀座商店街。

走在主要街道上，到處都能看到官方吉祥物黑貓可愛的身影。街邊有大棵的耶誕樹裝飾，還有許多開心的孩子們。

「謝謝妳特地來一趟，拜貴公司之賜，這次的活動很成功。」

這麼說的，是委託這次企劃的工會負責人。

他是一位上了年紀的男性。

頭上戴著耶誕帽，開心地對我低頭致謝。

「別這麼說，我們才要感謝各位。能完成這麼棒的活動真是太開心了。」

我頻頻鞠躬，又抬頭環顧四周。

街上掛著「來商店街過耶誕節」的橫布條。

地方上的居民齊聚一堂，大家都戴著耶誕帽，展現愉快的笑容。

其中，來參加這次活動的孩子特別多。

今年耶誕節，因為種種原因，不少孩子無法和父母一起過節。為了讓這樣的孩子們多少也能擁有歡樂的耶誕回憶，商店街工會取得附近小學的協助，企劃了這次的商店街耶誕晚會。

「孩子們的笑容，正說明了這次活動辦得有多好。」

負責人笑得有些羞赧。

「我們這條商店街，原本就不是靠觀光客做生意。話雖如此，現在這個時代，全國各地的商店街生意都不好。」

是啊。我也有些難過地點頭。

店家紛紛拉下鐵門的商店街，早已不是什麼稀奇的景象。

說不定，現在這個時代，要找到一條熱鬧又有活力的商店街還比較不容易。

「比起外地來的人，比什麼都更重要的，是地方上的居民。我們認為，必須做一條扎根在地，彼此互助合作，受地方居民喜愛的商店街才行。當然，也很感謝觀光客來消費喔，但是，比起觀光客一個月來一次，我們更希望成為地方居民一星期來三次的商店街。這是我們的目標。」

是啊。我也這麼應和。

「對了，剛才妳來之前，正好收到市原小姐傳的訊息。」

「啊、市原她今天沒辦法來，一直很掛念呢。」

我懷著歉疚的心情，急忙這麼說，負責人卻對我溫柔微笑。

「市原小姐在訊息裡說，這次『讓無法跟父母一起過耶誕節的孩子留下美好回憶』企劃的提案人，不是別人，正是鈴宮小姐妳。」

我難為情地聳了聳肩。

「還不到提案的程度啦……」

我不過隨口一提，是市原小姐聽到之後，認真籌備了這次的企劃。

「不不不，真的做得很好喔。耶誕夜無法和父母共度的孩子，比我們想像的更多。夫妻都要工作，或是單親家庭等等……有各種因素。兒童是地方上的珍寶，要是可以的話，應該由地方上所有人一起照顧。不過，這做起來不是一件容易的事。那麼，至少希望能在特別節日裡提供一點協助，讓他們留下美好的回憶。」

今晚，孩子們可以拿著「兒童晚餐券」，在商店街裡吃任何自己喜歡的東西，吃完之後，還可以去逛夜市，也有蚊子電影院可以看。

我所做的只不過是隨口一句話，整個企劃卻集結了這麼多人的智慧，大家同心協力，成功完成了充滿孩子笑聲的活動。

「鈴宮小姐，真的非常感謝妳。」

他對我低頭道謝，我不由得眼眶一熱。

為了掩飾眼淚，我也深深低下頭。

「我才要感謝各位，真的非常謝謝您們。雖然只能貢獻微薄之力，今晚也讓我幫點忙吧。」

我做出捲袖子的動作這麼說。

像這樣來協助企劃的活動露臉打招呼時，通常都會直接留下來幫忙到最後。

並不是客戶要求，也沒有被誰強制，只是看到團隊裡的大家都這麼做，也知道這是最好的做法。

然而，負責人卻搖頭說「不了」。

「人手很充足，沒關係。」

「咦？可是……」

「今天是特別的日子，鈴宮小姐，請和妳重要的人一起過吧。」

他笑著這麼說，我什麼也無法回應，只能露出模稜兩可的笑容。

「對了，不嫌棄的話，這是商店街的耶誕蛋糕，要不要帶一個回去？」

我先向他道謝，再不好意思地搖頭。

「可是，我一個人住，吃不完。」

這樣啊？他似乎有些落寞，聳了聳肩。

其實不要推辭，直接收下蛋糕，才是最令人有好感的做法。

要是平常的我，即使知道自己吃不完，還是會說「哇，好棒」，乾脆收下蛋糕。

可是，聽到他那句「和重要的人一起過」，使我忍不住賭氣做了這樣的回答。

為了轉換氣氛，我立刻又笑著說：

「真的很感謝您，下次我自己私下再來商店街玩。」

「好的，請一定要來，期待妳的光臨。」

我再次低頭致謝才離開。

走在街道上，吉祥物貓咪又映入眼簾，使我不禁微笑。

走出商店街，往車站方向走一小段路後，眼前出現一道階梯。

階梯口掛著「夕陽階梯」的招牌。

「喔，這裡就是『夕陽階梯』啊……」

來的時候沒有注意到。

嘴裡喃喃自語，我拾級而上。

爬到一半，背上傳來一陣熱熱的感覺，我停下腳步回頭。

正好是太陽下山的時刻。

夕陽照在階梯上，將石階染成了橘紅色。

階梯另一端，看得見商店街的入口。

隱約聽到孩子們的笑聲從那邊傳過來。

這是大都會裡的燈飾絕對無法比擬的美。

昭和時代的懷舊光景，在如今這個時代仍悄悄延續著生命，傳遞著這樣的溫暖。

總覺得自己像親眼目睹了奇蹟。眼淚又要溢出眼眶了，我用指尖輕輕按壓眼角。

這時，放在短大衣口袋裡的手機振動。

拿出來一看，是母親傳來的訊息。

「耶誕快樂，小雪。謝謝妳還特地送耶誕禮物給聖。上次妳說耶誕夜工作會很忙，那明天耶誕節能回家嗎？聖也說很想見姊姊喔。」

母親的訊息還附上了不到五歲弟弟的照片。頭上戴著耶誕帽。手上拿著我送的玩具，弟弟笑得天真無邪。

我們姊弟都在十二月出生。

我的生日是十二月八日，弟弟是二十三日。

所以我的名字叫「小雪」，弟弟叫「聖」。

拜此之賜，弟弟的生日禮物和耶誕禮物可以合在一起送。

我靠到階梯邊，快速回覆訊息。

「哇，聖喜歡就好。戴耶誕帽的聖真是太可愛啦。我也很想回去，可是工作上雜事很多，可能有困難。祝你們耶誕節快樂。」

用一如往常的活潑語氣，把「最喜歡同母異父弟弟的姊姊」角色扮演好，文章最後加上「耶誕節快樂」，送出訊息。

嘆口氣，繼續往上爬樓梯。

耳邊傳來耶誕歌曲的聲音。

路過的人不是情侶就是一家人，大家看起來都好幸福。

突然像是一陣風吹進心裡，寂寞襲擊了我。

情不自禁緊咬下唇。牙齒接觸到乾燥的嘴唇表面，感覺有些刺痛。

夠了，我嘖了一聲。

事到如今想這些又能怎樣。

一直以來不是都遠離了寂寞的感覺嗎……

會變得這麼善感，或許是因為在商店街受到了溫柔的對待。

平日為我排遣寂寞的朋友，這天不是和男友就是和家人共度。

我既沒有男友，也沒有能回去的老家。

正確來說不是沒有老家，但那個家屬於媽媽和新爸爸，以及兩人之間生下的弟弟，不是我的家。

我甚至連一個固定的職場都沒有。簡直就像一隻候鳥。

爬到階梯最頂端，再次嘆氣。

就在這時——

「現在正在舉行耶誕活動，歡迎來參加。」

聽見活潑熱鬧的聲音，似乎來自商店街某處，我轉過頭。

看到他們時，我嚇了一跳。
那是兩個長相非常亮眼的外國男孩，正用流暢的日語發傳單。
其中一人有著表層金色，內側染成粉紅的誇張髮色。另一個銀色頭髮，給人中性感覺的少年面無表情，只說聲「請」就遞出了傳單。
兩人都有著端正俊美的五官。
然而，路過的人卻像完全沒看見他們似的走了過去。
難道是模特兒經紀公司的星探嗎？
我覺得疑惑，不時偷瞄他們，暗中觀察。
對他們視若無睹的眾人中，只有一個三十五歲左右，身穿西裝的男人接下了傳單。
「耶誕夜，想不想接觸一下藝術呢？」
聽到這句話，我才恍然大悟。
應該是在發推銷畫作的傳單吧。
如果是這樣，沒興趣的人裝作自己沒看見，甚至有人擔心被兜售昂貴畫作，肯定連眼神都迴避了吧。

正當我兀自點頭時，金髮粉紅男孩來到我面前。

我嚇了一跳，睜大雙眼。

「這位小姐，有興趣的話。」

他咧嘴一笑，露出虎牙，把傳單遞上來。

「朝倉雕塑館～耶誕燈飾活動現正舉行中～」

上面寫著這樣的文字。

「『朝倉雕塑館』……」

沒記錯的話，是在台東區管理下經營的美術館。

「從這裡走一下就到了喔，歡迎前往。」

那個亮眼的外國男孩，指著傳單上的簡易地圖。

既然是正式的美術館，應該不用擔心什麼。

因為還不想直接回家，去看看也好。

我盯著手上的傳單，沒想太多就往前走。

正如男孩所說，「朝倉雕塑館」離「夕陽階梯」只有徒步幾分鐘的距離。

這座美術館展示的，是從明治時代活躍到昭和時代的雕刻家作品。

牆壁以黑色為主色調，使用了曲線造型的入口，日式與歐式風格混搭的建築一方面給人懷舊的感覺，一方面也頗有新意。

因為正在舉行耶誕活動的關係，庭園裡的樹木都掛上了燈飾。

平常下午四點半就閉館，今天似乎特別延長了展覽時間。

話雖如此，來參觀的遊客還是很少。

老實說，這裡的耶誕燈飾並不特別值得一看，不知道這裡有燈飾的人可能還比較多。

所以那兩個外國男孩才會去發傳單吧。

正當我這麼想的時候，一個身穿西裝的青年越過我，進入建築物中。

總覺得他似曾相識，我凝神細看。

是不是在哪裡見過面啊？

不管怎麼想都想不起來，我嘆了一口氣。

「算了，沒關係。」

踏入佔地不算廣闊的館區內，看見角落停著一輛拖車。

旁邊還放著畫有滿月圖案的招牌。

看來，這好像是一輛行動咖啡車。

散發著可愛的氛圍，裡面卻沒有人。

或許白天有誰在這裡賣咖啡吧？

一邊這麼想，我一邊走入建築物中。

3

這間美術館，是罕見需要脫鞋入內的類型。

我把脫下的鞋子裝在塑膠袋裡，付了入館費，拿到入館券和一本介紹手冊。

順著指示開始參觀之前，打開手冊閱讀裡面關於「朝倉文夫」的說明。

朝倉文夫是活躍於明治到昭和時代的雕刻家，出生於大分縣。

明治四十年從東京美術學校（現在的東京藝大）畢業後，朝倉引領日本雕刻界，成為日本首位獲得文化勳章的雕刻家。

我發出輕聲的「是喔～」。

順著指示前進，進入第一個展間。

走到一座蓄鬍穿西裝，坐在椅子上的大型紳士雕像前，我下意識停住腳步。

那紳士的外型，乍看之下令人聯想到美國總統林肯。

原來是明治時期的外交官，小村壽太郎的雕像。

另外，大隈重信的立像也有著令人忍不住屏氣的魄力。

雖然我不是很懂藝術，但朝倉文夫這位藝術家，或許很擅長透過作品展現模特兒散發的氛圍。

觀賞雕像的同時，感覺就像親身接觸到當時那些偉人的氣息。懷著這個心情，繼續按照指示前進。

聽說，這棟建築物是過去朝倉文夫的工作室兼住家。

屋內也有他的書房，穿過書房，來到一條鋪了木地板的走廊，牆上還有木框玻璃窗。

窗外就是中庭，日式庭園打理得美侖美奐。

前面經過的，都是呈現昭和復古風情的歐式建築，從這裡開始突然變成日式宅邸的情調。

走上二樓，俯瞰中庭。

池子裡有大隻的錦鯉悠游。

「簡直就像高級日式旅館。」

氣派的建築與景色。

「沒想到住宅區裡竟然會有這麼漂亮的地方。」

我帶著佩服的心情環顧四周，發現從這裡似乎還可以登上頂樓，於是穿上鞋子，踏上室外階梯。

走向頂樓的途中，瞥見往下還有一個展間。我決定先去那裡看看，就忽略指示下了樓。

那個展間名為「蘭之間」，從前好像是當成溫室使用。

三角形屋頂的天花板上鑲著玻璃，牆壁中央有圓形的窗戶。

牆壁和天花板都是白色，與其說是「蘭之間」，更像「純白之間」。

「……或者應該說是『貓之間』吧。」

這個展間裡展示的，全都是貓的雕刻品。

睡著的貓。正要撲向獵物的貓。雕刻得栩栩如生，彷彿聽得見鼾聲，又像隨時都會動起來似的活靈活現。

朝倉文夫應該很愛貓吧。

「真可愛……」

我慶幸有來，心中一陣激動，這才朝頂樓的庭園走去。

聽說，這座頂樓庭園是日本空中花園的先驅。

「——唔！」

走出頂樓，我停下腳步，睜大眼睛。

太陽已經下山，天空變成深藍色。

頂樓的植物也都掛上燈飾，閃閃發光。

令我驚訝的是，這裡也有「滿月咖啡店」的立式招牌。上面還多了一行「耶誕夜特別營業」的字樣。

不算寬敞的庭園中，設置了可供兩人坐下的吧檯座。

「歡迎光臨。」

一個穿著圍裙大貓布偶裝的工作人員，和兩個美麗的外國女人笑著上前迎接。

外國美女一個黑髮，一個金髮。

此外，也看到先前發傳單的金髮粉紅男孩和銀髮少年。

「啊、妳真的來啦，好開心。」

金髮粉紅男孩走過來，笑得露出虎牙，摟住我肩膀。

黑髮美女在一旁輕聲嘀咕：

「烏拉諾斯，這樣算性騷擾喔……」

他急忙說「抱歉」，放開手。

「請坐吧檯座。」

接著，以紳士的態度指著吧檯這麼說。

我微笑道謝，在吧檯前的椅子上坐下來。

吧檯打造得很氣派，不像臨時湊合出來的。

客人除了我之外，只有另外一個人。

是那個遇見了兩次的西裝男。

他也坐在吧檯座。

這個人……我真的覺得在哪見過他。

長相挺帥的，只要見過一次應該不會忘記才對啊……

偷瞄這個男人時，他像是察覺了我的視線，轉過頭來與我四目相接。我立刻把頭轉開。

「晚安。」

對方向我搭話，我尷尬地笑了笑。

「好久不見呢。」

被他這麼一說，我情不自禁「欸」了一聲。

「妳不記得我了嗎？」

我凝視他，吞了一口口水。

有印象，確實在哪看過這張臉。

是以前在別家公司當約聘員工時見過的人嗎？

怎麼辦，完全想不起來。

既然想不起對方是誰，就不知道該用什麼態度應對才好。

著急之下，我視線游移不定。

「突然這麼問妳，妳一定很困擾吧，抱歉。」

一方面顯得很愧疚，一方面仍笑得毫無心機的他，看上去一點也不像壞人。

「請問……我們在哪見過呢？」

我小心翼翼詢問，他睜大眼睛後，又噗哧一笑。

「什麼啊，真的不記得我的臉了嗎？真遺憾。」

我縮了縮肩膀說，對不起。

「沒關係，這也是沒辦法的事嘛。對了，妳現在住這附近嗎？」

他果然認識過去的我。

「不、我來這附近工作，正準備要回家。」

「這麼說來，回家就要舉行耶誕派對嘍？」

「不、我一個人住，也沒有男朋友。所以沒有派對那種事。」

這麼回答後，才覺得好像在強調自己很寂寞似的，對方該不會誤以為我想約他吧。

要是被誤會就討厭了。正當我這麼想的時候，他的表情忽然嚴肅起來。

「這樣啊……」

如此輕聲嘟噥。

究竟是怎麼回事？我不解地歪了歪頭。

「這樣的話，不如花一點時間在這裡開耶誕派對吧？」

欸？我困惑地眨了眨眼。

然而，他已經朝店長的方向舉起手了。

「店長，請給我們準備點什麼吧。」

貓店長低下頭說「知道了」，便從樓頂離開。

「請問，準備點『什麼』是指什麼？」

「喔喔，這間『滿月咖啡店』好像不接受客人點餐呢。」

「咦？」

「店長會為客人端上最適合的餐點。」
「可是每個人的喜好都不同，有些人對某些食物還會過敏。那怎麼辦？」
看我一臉認真地問，他笑著說「真的耶」。
「那種時候，只要說『不是這個』就好了吧？」
「遇到這種事時，我往往說不出口……」
「這樣啊？」
「是啊，我總是看人家臉色，扮演人人好的角色……」
雖說我們可能見過面，在不熟悉的人面前說這些事做什麼啊。我不禁苦笑。
但是，或許正因為是跟自己的日常沒有交集的人，才能把這些話說出口。
我低垂視線，其中一位店員踩著輕快的腳步走上前來。
那是一位金髮藍眼，美得像好萊塢女明星，散發一股天真無邪氛圍的年輕女孩。
「再次向兩位說聲歡迎光臨。我是維納斯，大家都叫我『小維』。今天廚房設在樓下，上菜會多花點時間，請見諒喔。」
說著，她在我們面前放下兩杯水。
我忽然想起剛踏入館區時看到的那輛行動咖啡車。
「妳說的廚房，是樓下那輛行動咖啡車嗎？」
她點頭說「是的」，愉悅地豎起食指。
「餐點上來前，要不要先跟我聊聊天呢？我有件事很想問。」
「問我嗎？」
「是的，妳知道自己『真正的願望』是什麼嗎？」
維納斯這突如其來的疑問，使我聽得愣住了。
「我自己的，真正的願望？」
對。她用力點頭。
「之前店長說，接下來的時代『知道自己真正的願望是很重要的事』。我本來覺得，既然是自己真正的願望，哪有什麼需要特地『知道』的必要？這不是大家理所當然都該知道的事嗎？」

她用流利的日語劈哩啪啦這麼說，我只能發出「嗯」的聲音答腔。

「結果，露娜——就是那邊那個黑頭髮的女生說『乍看好像大家都知道，其實很多人都埋藏在自己內心深處了，不知道的人還滿多的喔』。妳覺得呢？實際上是怎麼樣？」

被她這麼一問，我盤起雙臂思考起來。

的確，我「真正的願望」是什麼呢？

第一個浮現腦中的是這個。

「應該還是『中樂透』吧？」

聽到我的回答，坐在一旁的男人噗哧笑出來。維納斯也疑惑地皺起眉頭。

「為什麼是『中樂透』呢？」

「欸？因為只要有錢，想做什麼都行吧？」

「不然這麼問吧，如果妳擁有『想做什麼都行』的足夠金錢，妳想做什麼？」

「嗯，去旅行、購物、奢侈地吃喝玩樂，買房子，辭掉工作。」

說到這裡，我哈哈大笑。

維納斯一臉正經地窺看我。

「這就是妳『真正的願望』嗎？」

她有著一雙像貓一樣的美麗藍眼，眼瞳中還參雜著一點金色。

被她這麼緊盯著看，我忍不住別開視線。

「總覺得這個只是表面的『願望』，不是真心話。果然店長和露娜說得沒錯……」

維納斯喃喃自語，有些歉疚地看著我。

「抱歉，妳這個願望一定不會實現。」

我臉頰抽搐，身子縮了一縮。

「呃、對啊，我知道，怎麼可能中什麼樂透嘛。」

她卻搖頭說「不是的」。

「如果是『真正的願望』，一定擁有『實現的力量』喔。可是，和自己內心真正想法有落差的願望，是不會實現的。」

什麼？我疑惑地歪了歪頭。

「可是，我是真心想中樂透啊。」

明知不可能中，當然還是真心希望能中樂透吧。

維納斯發出「唔唔」的沉吟聲，雙手環抱胸口。

「所謂的『想中樂透』，換句話說，就是『想要很多錢』吧？」

她說得這麼直白，我只能苦笑點頭說「對」。

這時，維納斯從口袋裡拿出方塊圖案的撲克牌。

「所謂『金錢』，其實是『用來換取經驗的票券』喔。」

說著，她把紙牌翻過來，背面畫著青年踏上旅途的圖案。

「比方說，『旅行的經驗』、『享受美味飲食的經驗』、『買下自己的家的經驗』——金錢就是用來換取這些經驗的票券。」

維納斯把紙牌放在桌上，再次望向我。

「宇宙中的星星們，永遠會支援『想擁有某種經驗』的人，所以，只要人們有『想經驗的什麼』，宇宙也會準備好用來換取那個經驗的票券，等著交給人們。可是，如果人們說『不不不，總之先給我票券就對了，什麼都可以，給我吧』，宇宙也會感到很疑惑吧？想給又不知道該給什麼。『中樂透』的想法，就是這麼一回事。」

我終於理解她想表達什麼了。

「這麼說起來，的確是『總之先有錢就好』的想法，讓我產生了『想中樂透』的願望。」

「當然，世界上一定有『想擁有中樂透經驗』的人。會這麼說的人，也擁有『實現願望』的力量。可是，妳的『想中樂透』卻不是真正的願望，只是逃避面對自己罷了。」

「逃避！」

我睜大眼睛，有必要說到這種地步嗎。

然而，她只是呵呵一笑，豎起食指。

「就是這麼回事喔。那麼，讓我們先把金錢視為『換取經驗的票券』，以此為前提，我再問妳一次。妳想要的是『換取何種經驗的票券』呢？」

再次面對這個問題，我沉默了。

想要自己的房子，不想要工作。

可是，若問這些是不是她說的「真正的願望」，好像又有點不對。我也覺得這已經近乎逃避了。

自己到底想要什麼？

思考不斷地打轉。

最後得到的答案，只是不值一提的小事。

「——我想成為正式員工。」

「現在這間公司的嗎？」

坐在一旁的男人這麼問。

我再度為之語塞，低垂視線。

也不是這樣。

只要能成為正式員工，哪裡都好。

這代表什麼呢？

我開始搞不清楚自己的想法，緊緊皺起眉頭。

漸漸地，好像隱約看清了隱藏在內心深處的心思。

有那麼一瞬間，我拒絕承認。可是，最後仍用力甩頭，把抗拒的念頭甩掉。我開口說：

「不是的……我希望自己……受人需要。」

說出口後，一切變得更真實，眼眶一熱。

「受誰需要？」

身邊的男人又這麼問。我自嘲地笑著說：

「不是特定的誰。」

受社會、受公司、受某個人的需要。

「為什麼會想受到需要呢？」

維納斯溫柔地問。

我的父親，在我八歲時過世了。

父親過世後，家裡的生活為之不變。

成為單親媽媽的母親開始外出工作，每天帶著疲倦的表情回家。
只要看到她那樣的表情，我就會忍不住自責。
所以在家時，我都盡可能裝出開朗有活力的樣子，努力當一個不用大人操心，還會主動幫忙家事的「好孩子」。
母親再婚的事，其實我一點也不開心。可是，我也誇張地表現出高興的態度。
假裝自己很喜歡新爸爸，弟弟出生後，假裝自己疼愛弟弟疼愛到了極點。
可是，我一直知道自己在家裡是多餘的。
媽媽和新爸爸都說「偶爾也回家讓我們看看妳嘛」。
我知道，那只是說說而已。
事實上，家裡根本不需要我的存在。
所以，至少，我希望自己在職場上受人需要。
只可惜，我是「不獲青睞的人」。
拚命找工作，卻連一家公司都沒有錄取。成為約聘員工後，在職場上也努力做超過自己能力範圍的事。即使如此，依然沒有一間公司要升我為正式員工。

我一再地感覺到，自己走到哪都被烙上「不需要妳」的烙印。

「因為是這樣的我，所以希望能成為被選上的，受到需要的人。」

說著，情不自禁一陣鼻酸。

我低下頭，聽見什麼東西被放在桌上的聲音。

抬眼一看，白色盤子上，放著深咖啡色的蒙布朗蛋糕。

蒙布朗的頂端是金黃色的栗子，上面撒了亮晶晶的金粉、切碎的核桃等堅果，還有草莓乾。

「久等了，這是您的『新月蒙布朗』。」

端上蛋糕的貓店長說著，瞇起了眼睛。

「新月……？」

仰望夜空，月亮散發耀眼的光芒。

「今晚雖然不是新月，但這道蒙布朗的原料，是用新月肉眼不可見的光芒曬過的最高級栗子喔。」

我按壓眼角，看著店長。

「……曬過新月光芒的栗子會變得更美味嗎？」

「新月具有『實現願望的力量』。藉由這份甜點，希望妳察覺自己真正的願望，願望也得以實現。」

我對店長揚起嘴角。

「謝謝。我剛才正好察覺了自己的真正的願望呢。」

希望自己受人需要——

這就是我的願望。

聽了我的話，店長和維納斯看了彼此一眼，微微一笑。

「當然，那或許也是有。不過在那之前，妳還有一個很大的願望喔。」

店長這麼說，維納斯也點頭附和。

我不明白他們的意思，疑惑地皺起眉頭。

「妳的月亮在雙魚座，現在或許不太容易察覺自己真正的願望。」

「我是雙魚座？不對，我是十二月出生的射手座……」

看到我困惑的樣子，坐在旁邊的男人輕聲笑道：

「總之，妳先吃嘛。」

「說的也是……」

我朝他望去。

放在他面前的，是一份圓滾滾的甜點和一杯咖啡。

「您的是『黑洞巧克力』。將吞噬了光的黑洞，做成小小的巧克力球。」

店長如此說明。

「喔喔，真棒。謝謝你啊，店長。那我要享用了。」

喝一口咖啡，他像非常開心似的瞇細眼睛說「好好喝」。不知道是不是真的很想喝咖啡，甜點一口也沒動，只顧著喝咖啡。

我也說聲「那我開動了」，拿起叉子。

「新月蒙布朗」的蛋糕體飽含了空氣，口感非常輕柔。

味道不會過甜，但又很濃厚，讓人留下非常深刻的印象。

中間是奶油起司蛋糕。

帶點爽口的牛奶風味，中和了濃厚栗子的重口味，同時達到彼此烘托的效果。

「……好好吃，真的非常美味。」

這美好的滋味，彷彿慰勞了我至今努力的辛苦。

「太好了。」

男人溫柔地這麼說。我點頭回答「是啊」。

「能喝到這裡的咖啡，我也算實現長年來的夢想了。」

「真的那麼想喝咖啡嗎？」

這人該不會在戒咖啡吧？

我歪了歪頭，他似乎覺得很有趣，笑了一下，看著我的眼睛說：

「是因為能再次見到妳。」

「欸？」

「真的很高興見到妳，小雪。」

突然聽見他叫我的名字，我驚訝地張大眼睛。
四目交接時，他露出哀傷的微笑。
「抱歉哪。」
為什麼他知道我的名字？又為什麼要道歉？
我困惑地看著他。
終於正視他的視線，過去的記憶就此復甦。
原來是——
為什麼我一直沒想起來呢？
白色輕柔的東西從天而降。
——下雪了。
「十四年前的今天……我啊，明明是耶誕夜，卻工作到很晚才回家。即使如此，回家路上還是去買了小雪想要的玩具。確實因為這樣，離開公司時很匆忙。」
聽著他的話，心臟跳得愈來愈快。

「可是，這並不是我衝出馬路的原因。那時，我看見路中間有隻貓躺在那裡動也不動，汽車正朝牠行駛。我心想『這下糟了』，來不及想太多就不顧一切衝上前。結果，釀成了讓小雪和媽咪傷心的事……幸好那隻貓得救了，這是唯一欣慰的事。」

說著，他露出微笑。

沒錯。

當時在我們家，稱爸爸為「爸爸」，媽媽為「媽咪」。

噗通噗通，心跳得劇烈。全身顫抖，甚至感到一陣頭暈目眩。

因為，這種事……怎麼可能。

由於媽媽太痛苦，家裡沒有擺放任何爸爸的照片。

我也因為自責，盡可能不去看爸爸的照片。

爸爸是一個非常溫柔，聰明，帥氣的男人。

我最愛最愛他了……

所以，奪去爸爸生命的耶誕節這一天，成為我最討厭的日子。

「從小雪出生那天起，我就好期待，『等小雪長大後，絕對要兩人一起約會。』沒想到在妳長大之前就遇上車禍，我真是個沒用的父親。」

他一邊喝著咖啡，一邊感嘆地說。

喉頭像有什麼哽著，說不出話來。

伸出大大的手，爸爸輕輕撫摸我的頭，窺看我的表情。

明明是個大人，笑容卻像個孩子一般毫無心機。

沒錯，在我早已封印的記憶中，這就是父親的臉。我輕聲問：

「真的是爸爸……？」

「小雪，抱歉啊。爸爸的死，不是小雪妳的錯。當然也不是那隻貓的錯。這是沒辦法的事。」

說著，爸爸大大的手掌摟住我的頭。

「……不、我才該說對不起。」

竟然沒能在看到爸爸的第一眼想起他。

身體止不住顫抖。或許因為太驚訝了，即使眼眶發熱，淚水卻流不下來。

「沒關係，那時小雪還小嘛。」

爸爸這麼說，把圍巾圍在我的脖子上。

「不只這樣……媽媽找到新爸爸時……其實我一點也不開心，卻裝出開心的樣子……」

我從喉嚨深處擠出聲音，如此懺悔。

內心一直有著「對爸爸過意不去」的想法。

把曾經珍惜的父親遺物全部收入壁櫥，迎接新的父親，裝作很喜歡新爸爸的樣子。我無法接受這樣的自己。

既對父親感到歉疚，也難以原諒虛與委蛇的自己。

「小雪，沒關係的。媽媽一路以來的辛苦，爸爸一直看在眼裡。現在她好不容易能踏出新的一步，我反而覺得開心。」

就算這樣，我還是什麼都說不出口。爸爸看著我的臉，揚起嘴角。

「這或許是還活在世上的人難以體會的感覺，但是對已經前往另一個世界的人來說，看到『家人過得幸福』是比什麼都開心的事喔。看到媽媽能和新爸爸獲得幸福，我真的打從心底欣慰。」

「……真的嗎？」

是啊。父親用力點頭。

「再說，妳的新爸爸真的是個好人，我也很放心。他對妳不也很好嗎？」

即使爸爸這麼說，我還是無法認同。

「那是因為他喜歡媽媽，看在媽媽的面子上才對我好的吧。」

我忍不住這麼說，別開視線。

「小雪，妳還在媽媽肚子裡的時候，原本預產期是耶誕節喔。」

嗯。我點點頭。這件事我也知道。

「所以，爸爸就跟媽媽說『如果生女兒，想叫她小雪』，這就是我名字的由來吧？」

父親點頭說「對」。

「不過，當時我還想了另一個名字喔。」

這倒是第一次聽說。

「我跟妳媽咪說，如果生的是男孩，想為他取名叫『聖』。聖夜的『聖』。」

聽到這個，我訝異地抬起頭。

「聖……真的嗎？」

那是我同母異父弟弟的名字。

「是真的啊。包括這件事在內，妳的新爸爸接受了一切，為他和媽咪之間出生的男孩取名為『聖』。我認為他真的是非常有包容力又溫柔的人。所以小雪，妳可以放心。他是抱持很大的決心才成為妳父親的人。」

「…………」

我什麼都說不出口，只是看著爸爸。

至今我都做了些什麼？

把父親的死歸咎於自己，活在自責之中。明明很想追憶父親，卻連這都辦不到。

假裝自己已經接受新爸爸，其實根本沒有，還把他對我的好全都想成只是表面工夫。

我以為的，全都和事實不同。
為什麼會這麼扭曲……
這一切，都來自我的自責。
我睜大眼睛。
終於頓悟。
我自己「真正的願望」，那就是——
「『原諒自己』……」
說出口的瞬間，眼淚奪眶而出。
也不是感到悲哀，只是像至今擋住堤防的什麼東西終於崩坍一般，淚水不斷溢出。
我一直很痛苦。
不能原諒自己，不斷責備自己。
這樣的我，又怎麼可能獲得誰的青睞。
因為連自己都打從內心認為「妳這種人不該被選上」了啊……

是我自己拒絕擁有幸福的。

只是一直想著盡可能做好事來贖罪。

眼前這「不被選上」的現狀，根本是我自己想要的結果。

這麼一想，就全都說得通了。

眼淚流個不停，像是想沖刷掉至今的苦。

「今晚真的太棒了，能和小雪這樣講話，是等了十四年才發生的奇蹟……」

爸爸一邊高興地這麼說，一邊用湯匙舀起「黑洞巧克力」。巧克力做成的球體之中，看得見閃閃發光的星星。發出「好厲害啊」的讚嘆，爸爸將湯匙送到嘴邊。每吃一口，他的身體就不斷散發白色光芒。

「爸爸！」

宛如雪融一般，起身時，他的身影已經消失，只剩下燦爛的光。

4

——爸爸。

擦乾眼淚抬起頭，我身處的地方，已經不是那座空中庭園。

現在，我正站在「朝倉雕塑館」的門前。

大門緊閉，別說行動咖啡車了，館區內連燈飾都沒看見。

「……欸？」

剛才還掛著月亮的夜空，如今變成向晚的天色。

難道我做了一場白日夢？

「我是怎麼了？」

眼眶四周還沾濕著淚水。

陷入混亂的我，再次擦拭淚水。

這時，忽然發現脖子上圍著圍巾。

為我圍上圍巾時的父親笑臉浮現腦海，內心一陣激動。

確認手機，距離我走出商店街的時間，沒有經過多久。

轉個身，重新踏上商店街。

「請問……那個蛋糕，我還可以收下嗎？」

見我忽然又跑回來，工會負責人笑著說「喔喔」，開心得臉都皺成了一團。

「當然可以啊。不過，怎麼改變主意啦？有朋友要來嗎？」

「不、今晚打算還是回老家一趟。」

家裡一定也有準備耶誕蛋糕吧。

不過，反正有四個人，這麼小的蛋糕應該吃得完。

和新爸爸、媽媽及弟弟一起度過愉快的耶誕夜吧。

拿著蛋糕，走出商店街，微暗的天空開始飄落白色雪花。

謝謝你，爸爸。

還有「滿月咖啡店」的各位……

我在內心如此低語，輕輕撫摸圍巾。

振作起來奮力抬頭，匆匆走向車站。

這是個奇蹟之夜——

Interlude

朝倉雕塑館頂樓的空中庭園，現在依然掛著閃亮的燈飾。

直到剛剛，鈴宮小雪和她的父親都還坐在吧檯座位。不過，現在他們已經不在這裡了。

客人離開後，現在這座空中庭園成了滿月咖啡店員工舉行宴會的場所。

「各位，辛苦了。慶祝我們今年也順利完成客人的請託，一起舉杯吧。請喝調酒。」

不只對客人，三花貓店長對店內夥伴的態度也不變。

不接受點餐，而是由店長幫大家準備最適合的調酒。

「店長，我來端吧。」

露娜將一頭長髮綁在腦後，為大家送上調酒。

今天在場的有，店長、月亮（露娜）、水星（墨丘利）、火星（馬爾斯）、木星（朱比特）、土星（薩圖恩努斯）、天王星（烏拉諾斯），以及我——金星（維納斯）。

確認大家都拿到飲料後，我們高舉酒杯碰杯。

「一如往常，冥王大叔和海王怪胎都不在呢。」

這麼說著咧嘴一笑，將金髮的內層染成粉紅色的是烏拉諾斯。

他正和銀髮少年墨丘利對坐在一張小桌子前下西洋棋。

「那兩位不是會來這種場合的類型啦。」

墨丘利手拿棋子，嘴上如此嘟噥。

「說的也是，畢竟那兩位是『土星外行星』嘛。」

「說這種話的你自己不也是嗎？」

所謂的土星外行星，指的是比土星更遠的天王星、海王星和冥王星。

到土星為止的星球，從地球上還能以肉眼確認，因此代表「表意識」，而肉眼無法確認的土星外三行星則代表「潛意識」的領域。

「我也想當個真正伸手不可及的『明星』啊，但進入水瓶座時代後，經常有工作得處理。等這陣子忙完，我也得該有『土星外行星』的樣子，好好做個遙遠的存在才行呢。」

烏拉諾斯啊哈哈地笑著這麼說，墨丘利不高興地皺起眉頭。

「哎呀，別做出那種表情嘛，兄弟。我不會馬上就跑到那麼遠的地方去。」

「……你真的很做自己呢。」

鬼靈精怪的烏拉諾斯和冷靜沉著，擅長分析的墨丘利。兩人屬於完全不同的類型，但卻又有相似之處，個性似乎相當合得來。

對了，實際上不能用「兩人」來形容，但現在既然暫時以人類的外表現身，那就這麼稱呼吧。

「比起那個，快點分出勝負吧。我等著跟墨丘利交手一戰啊。」

催促他們的，是有著一頭紅髮，英姿煥發的青年，馬爾斯。他一手端著一杯名為紅眼的調酒，一邊觀看兩人沒有進展的棋局，顯得有些焦躁。

雖然他是個有點急性子的人，但也因此行動力過人，性情非常直率。最重要的是，很有男子氣概。然而，卻又永遠保持著少年般的單純。

對我而言，馬爾斯是個很難不去在意的存在。

「哎呀，小維，妳怎麼又看馬爾斯看傻啦？」

背後傳來調侃的聲音，把我嚇了一跳。

轉頭一看，是身材微胖的開朗中年女性，朱比特。她手上端著名為瑪格麗特的調酒，正用捉弄人的視線望著我。

「討厭啦，朱比特。」

我臉頰發燙，慌張得不知所措。

「不要這樣捉弄小孩子。」

說這句話指責朱比特的，是一臉嚴肅的中年紳士薩圖恩努斯。他喝的調酒似乎是琴湯尼。

「哎呀，抱歉呢。別說這個了，小維、薩薩，你們知道嗎？」

「朱比特，怎麼連你都叫我『薩薩』……」

面對一臉不高興的薩圖恩努斯，朱比特只是裝傻笑道「很可愛啊，有什麼關係嘛」，又繼續剛才的話題。

他們兩人雖然擁有完全不同的特質，共通之處就是都有強大的力量，並且彼此認同。

「你們知道嗎？就像花語一樣，酒也有『酒語』喔。像你喝的『琴湯尼』，酒語就是『堅強的意志力』。不愧是店長，選了這款最適合你的調酒。」

薩圖恩努斯回了一聲「喔喔」。

看上去很是滿意。

聽到朱比特這麼說，我眼神都亮了，湊上去問：

「噯噯、朱比特，那我喝的『葡萄酒酷樂』酒語是什麼？」

「葡萄酒酷樂」是一款以粉紅葡萄酒為基底，加入柳橙汁、紅石榴糖漿、白庫拉索後搖勻製成的調酒，顏色非常鮮豔好看。

聽我這麼一問，朱比特呵呵笑道：

「妳這杯調酒的酒語啊，是『贏取我的心』喔。」

「欸？」

「看來捉弄妳的人，說不定不只我一個？不過，與其說店長捉弄妳，不如說在激勵妳吧？」

「哪有……」

我扭扭捏捏地偷瞄了馬爾斯一眼。

他正好也朝我這邊看來，彼此視線相接——

「唔！」

我立刻把頭轉開。

為了掩飾羞紅發燙的臉頰，端起調酒來喝。

朱比特感慨地說「真是可愛啊」，薩圖恩努斯則是聳聳肩嘆氣道「真拿妳沒辦法」。

「對了，小維，今晚是耶誕夜，妳不如趁著氣氛正好，和馬爾斯更進一步吧。把這杯『葡萄酒酷樂』拿給他喝啊，暗示他快來『贏取我的心』。」

「什麼啦！」

我視線游移不定，薩圖恩努斯又大大地嘆了一口氣。

「我反對朱比特的意見。男女關係不該是利用氣氛更進一步的事。」

「哎唷，有什麼關係嘛。」

朱比特噘著嘴巴，雙手一攤。

「耶誕節的歡樂氣氛，本來就會幫忙推動戀情一把啊？耶誕節總是站在戀人這邊的喔。」

「只要兩情相悅，就不該被氣氛煽動而行動，應該按部就班來才對。」

「真討厭，戀愛這種事本來就是很講究氣氛的啊。」

「不、可是——」

「也對啦，比起戀愛結婚，你本來就是贊成相親結婚的那一派。」

「相親的前提是認識父母已經認可的對象，要是這樣的兩人又對彼此有意思的話，那不是很好嗎？」

「真不敢相信，你這人真的一點也不浪漫耶。」

「就算是相親結婚，也不代表兩人不能戀愛啊？」

「或許可以這麼說，但是——」

你們兩人停一下啦……我臉頰都抽搐了。

雖然是互相認同的兩個人，說到底還是完全不同的個性。
像這種時候，他倆就一點也合不來。
我為了改變話題，指著朱比特手上的調酒問：
「噯、朱比特喝的這杯調酒，是『瑪格麗特』吧？」
「是啊，沒錯。」
「它的酒語是什麼呢？」
「『瑪格麗特』的酒語啊，是『無言的愛』喔。」
朱比特雙手按在胸口這麼說。
「這杯調酒還真不適合一天到晚都這麼聒噪的妳。」
薩圖恩努斯做出無情的評論，朱比特噘起嘴說「真沒禮貌」。
「我總是什麼都不說就給予許多人大大的愛喔。就像剛才那位小雪小姐的父親一樣。」
聽到這句話，我想起剛才的客人——小雪小姐和她的父親。
始終默默關心女兒的父親，那份愛深深感動我的心。

同時，我也有搞不太懂的事。

「朱比特，那時店長對小雪小姐說的話，我聽得不是很懂耶。」

「店長說了什麼？」

「就是提到『真正的願望』時……」

先是這麼說明，然後我重複了當時店長說的話：

『妳的月亮在雙魚座，現在或許不太容易察覺自己真正的願望。』

「為什麼月亮在雙魚座，就不容易察覺自己真正的願望呢？」

我提出自己的疑問。

「這是因為，月亮還不成熟的關係喔。」

背後傳來銀鈴般美妙的聲音。

回頭一看，是露娜。她手上端著一杯紫羅蘭費士——和她的眼珠有著相同的顏色。

或許因為已經把調酒都端給大家了，露娜將原先綁在腦後的馬尾放下。

富有光澤的長直黑髮，在月光的照耀下閃閃生輝。

「露娜！」

美麗又神秘，還帶點高冷氣質的露娜，是我嚮往的女性。

從這樣的露娜口中說出的話，卻讓我聽得一陣錯愕。

「月亮還不成熟——什麼意思？」

我歪了歪頭，露娜一邊說「是啊」，一邊把長長的直髮塞到耳後，開始為我說明。

「不是說月亮掌管的，是從出生到七歲左右的範圍嗎？」

我想起以前店長跟客人說過「行星期與年齡域」的事。

年齡域的起點就是月亮期。

「『月亮期』顯示的是從新生兒時期到自我覺醒這段期間，也就是原原本本的自己。可說是接近一個人本能的部分。換句話說，就是尚未發育完整，不夠精粹，也就是還不成熟的部分。」

我默默點頭。

實際上，人類從出生到七歲左右，確實還無法脫離大人照顧，正是尚未成熟的存在。

「太陽星座代表的是一個人外顯的部份對吧？就像是自己對外高掛的招牌。所以，大部分的人對太陽星座的運用都很得心應手。同樣是『牡羊座』，假設要就『牡羊座的能力』一較高下，『月亮星座落在牡羊座』的人，無論如何都比不過『太陽星座落在牡羊座』的人。」

確實如此。

作為代表自己的招牌，一直以來都在人生前線戰鬥的是太陽星座。相較之下，月亮星座就像藏在深閨裡的千金。

「所以，月亮星座很容易成為一個人自卑的原因。舉例來說，月亮星座落在牡羊座的人，就很容易認為自己比不上太陽星座落在牡羊座的人。」

這樣啊……我總算聽懂了。

「明明月亮星座象徵的也是屬於自己的特質，只因比不上太陽星座那麼得心應手……」

露娜點頭說「就是這麼回事」。

「剛才的小雪小姐，她的月亮星座落在雙魚座不是嗎？這麼說來，之前那位客人也是呢。」

聽了露娜的話，我也想起來了，抬起頭來。

「對耶，那個人——純子小姐的月亮星座也是雙魚座。」

——那是距今兩星期前的事了。

第三章

前世之緣與線香煙花冰茶

1

十二月常被稱為「師走」❶，進入十二月後，街頭熙來攘往的人們確實展現出一副忙碌景象。

隨著耶誕節的接近，家附近的購物中心「筑波IIAS」看上去也一天比一天熱鬧。

到學校參加完師生及家長面談，我和女兒正在回家路上，順道來購物中心的美食街吃點東西。

儘管今天不是假日，四周還是有很多穿制服的學生。

大概是比平常早放學了吧。

我的學生時代，也常像這樣和朋友放學後去速食店聊天，聊到忘了時間。

現在——我的目光落在身旁的可愛對象身上。

小學一年級的女兒愛由，受到同儕朋友的影響，說自己也想要甜甜圈店套餐附贈的贈品。

目前店裡推出的兒童套餐，隨餐附贈兒童節目周邊商品。那個節目叫《流星天使》，簡單來說就是女孩版的超人戰隊影集。劇情描述分別擁有太陽、月亮及星星力量的偶像三人組，為了與邪惡組織對抗而奮戰。

周邊商品是手杖，可從太陽、月亮、星星三個版本中選擇。我覺得做成弦月形狀的月亮手杖很漂亮，女兒選的卻是星星手杖。

她正拿著那根手杖，笑瞇了雙眼。

「愛由，不要只顧著玩，也要好好把妳的『土星甜甜圈』吃掉喔。」

我輕輕撫摸女兒的背這麼說。愛由應了一聲「嗯！」朝甜甜圈伸出雙手。

小小的手拿著甜甜圈，小口小口吃。

那模樣雖然非常可愛，但我也擔心這樣要花很多時間才吃得完。

即使是兒童套餐，對我女兒的食量來說，好像有點太多了。

❶在日語中有忙碌奔走的意思。

結果還不是我得吃。

養育小孩期間想減肥，門檻真是太高了。

昨晚才剛在體重計上受到嚴重打擊啊……

即使如此，或許因為我已經不是個年輕母親了，所以還能用從容的態度告訴自己「這也是沒辦法的事」。

這孩子是我經歷漫長的不孕治療過程，在幾乎要放棄時懷上的。拜此之賜，女兒同學的媽媽們，年紀都比我小上一輪。

年輕的母親對小孩子比較沒耐性，看到她們那樣，我也很能理解，認為那是在所難免的事。

如果我自己還是二十幾或三十幾歲，一定也會催女兒「趕快把東西吃掉」吧。

高齡生產對身體負擔雖大，心情上倒是比年輕時多了幾分餘裕。

看了一下女兒吃東西的狀況，又不經意環顧店內。

見到幾個女高中生也拿著贈品的手杖，我忍不住定睛看個仔細。

「不會吧？妳選太陽喔？我的是月亮。」

「因為我最迷太陽了啊。」

聽見她們這麼交談的聲音。

看來，我女兒沉迷的電視節目《流星天使》，在女高中生之間也很受歡迎。仔細想想，那內容就連大人看了也覺得有意思。

劇情描述神話時代侍奉眾神的天使在現代重生。

並且加入了和「前世」及「西洋占星術」相關的元素。

這麼說起來，負責這部影集劇本的，是多年前曾引領一時風騷，之後消失了好長一段時間，最近再次復出的編劇。

要是沒記錯，她應該跟我同齡，或是比我小一點。

叫什麼名字來著……一邊這麼想，我一邊拿起手機。

用節目名稱搜尋，很快就找到「芹川瑞希」的名字。

「沒錯，就是芹川瑞希……」

還在網路上找到芹川瑞希與一位叫做中山明里的女性製作人對談的文章。

《流星天使》是她們兩人同心協力做出的影集。
「芹川瑞希，真令人懷念的名字。」
我以前很喜歡她編的電視劇，記得當時常看。
消失了一段時間後，芹川瑞希最近創作的社群網路遊戲劇本大受好評，這次又負責了兒童電視影集的編劇工作。
現在這套影集蔚為話題，應該可以說芹川瑞希正式復活了吧。
「媽媽，妳在看什麼？」
愛由這麼問，我讓她看手機畫面。
「愛由喜歡的《流星天使》，就是這個叫芹川瑞希的人寫的喔。然後這邊這個叫中山明里的人，是製作《流星天使》的人。」
「寫的人和製作的人不一樣嗎？」
「嗯，如果只有寫的話，就只是劇本不是嗎？得有人把它製作成電視劇，不然就沒辦法觀賞了。」
愛由點點頭，一副很佩服的樣子。

「不管哪一邊都很厲害呢。」

「沒錯，兩邊都很厲害。」

不知為何，芹川瑞希的活躍對年齡相近的我而言，也成了一件值得驕傲的事。同時，在閱讀對談之後，得知芹川還是單身，情不自禁多管閒事地擔心起來，她沒結婚生小孩，這樣不要緊嗎？

這個念頭浮現腦海的瞬間，我立刻責怪自己。

——討厭。講這種話跟爸爸有什麼兩樣。

我的父親，是個活在昭和時代過時價值觀中的男人。

「女人不需要學歷也不用工作。」

「早點結婚生小孩吧。」

他總是這麼對我說。

聽說就連我的名字「純子」，也來自他「女人就是要單純又柔順」的觀念。

這樣的父親，把期待都放在聽話又聰明的弟弟身上。

然而，承受過度壓力的弟弟，最後崩潰了。
那是弟弟上高中，我上大學時的事。
也因為這件事，我和父親斷絕了關係。
當時我正好搬進大學宿舍住，所以這麼做一點也不難。
我幾乎不回家，如果想見媽媽，就請她來找我。
就算要回家，也會先打聽好父親不在的時候。
這害得我……我喃喃低語。
害得我沒能見到養在老家的愛犬死前最後一面。
回想起這件事，鼻頭一酸，眼眶發紅。
那樣的情感，不是一句喪寵症候群就能說清楚的。
輪是家人。
那隻長得像柴犬的米克斯名叫輪[2]，有著圓滾黑亮的可愛眼睛，總是用興奮的表情看我。
每當我在學校遇到難受的事，或是被父親責罵而沮喪的時候，牠總是默默靠在我身邊。

到現在仍忘不了與輪肢體接觸時的感受。

「小狗就快來家裡了呢。」

愛由這句話，使我赫然回神。

「啊、嗯，對啊。」

前些日子，我們家決定收養小狗。

話雖如此，小狗還沒來到家裡。聽說有各種手續要辦。

「對了，小狗的名字，妳想好了嗎？」

我這麼問，愛由支支吾吾起來。

「我想了好多個，可是無法決定。」

「妳都想了些什麼名字啊？」

「珍妮佛啦、茉莉啦。」

❷日語的發音為「Rin」。

「……好像公主的名字喔。」

「嗯，可是，名字太長的話，小狗可能會不喜歡……」

說的也是耶。我這麼答腔。

「媽媽以前養的狗叫什麼名字？」

她這麼一問，我又心頭一驚。

簡直就像看穿了我的心事。

愛由確實有這種不可思議的一面。

「……叫做『Rin』喔。」

「媽媽取的嗎？」

「對呀。」

「為什麼要叫這個名字呢？」

沒想到她會這麼問，我有點錯愕。

「為什麼喔……」

「『Rin』是鈴鐺的鈴嗎？」❸

「不是喔，不是鈴鐺的鈴……」

這麼說起來，我為何會取了「輪」這個名字呢？

盤起雙手，搜尋昔日的記憶。

腦中浮現當年的自己。

我曾是個很喜歡占卜和咒語之類事物的小女孩。

沒錯。我還是個小學生時，著迷於一部以轉世重生為主題的漫畫。記得內容應該是「轉世重生後，再次遇見今生認識的人，展開一段段充滿人性的故事」。

決定要養狗後，我真的好開心。

可是，始終反對養狗的父親，居然在小狗來到家裡那天，說了非常過分的話。

「狗的壽命很短，很快就會死了啦。到時難過的還不是妳自己。」

❸「鈴」在日語的發音也是Rin。

這番毫不體貼的話語，讓我聽了很難過。

人家正在開心的時候，父親居然說出這種話，真是教人火大到不行。

那時，即使父親沒聽見，我仍低聲反駁：「沒關係，這孩子投胎轉世後還會跟我在一起。」

因為發生了這麼一件事，所以我為小狗取名為「輪」。

輪迴的輪。

省略了父親那番過分的言論，我把小狗名字的由來告訴愛由。愛由聽了眼神閃閃發光。

「這樣的話，這次要來我們家的小狗，也可以取名叫『輪』嗎？」

「欸？嗯，可以啊。」

「那就叫牠小輪！」

看著高興歡呼的愛由，我感到有些不可思議。

過去，祈求能與轉世重生的愛犬再次相逢的我，為牠取了「輪」這個名字。

那之後，過了超過三十年的歲月，我已經為人母，而即將來到我家的小狗，名字再次取為「輪」……

仔細想想，這隻小狗也和輪一樣，是長得很像柴犬的米克斯。

難道真的是輪轉世重生了嗎……

正當我沉浸在這浪漫的念頭之中，手機發出收到訊息的聲音。

會是丈夫傳來的嗎？我輕觸螢幕確認。

沒想到是弟弟，這可真難得。

無法承受父親施加的壓力，高中時終於崩潰的弟弟，現在也已經四十多歲，是個成年人了。

看在母親的份上，後來弟弟姑且向父親道了歉，但兩人並未真正和解。

我想，這輩子應該都不可能和解了。

弟弟憎恨父親，父親也無法原諒弟弟。

弟弟原本一直是父親的心頭好。小時候，我總是羨慕弟弟，因為父親經常稱讚他。

然而同時，我也發現弟弟一直在忍耐、在壓抑。

被父親說了不講道理的話，或遭父親厲聲怒罵時，弟弟那咬緊牙根，緊握拳頭的模樣，我不知道親眼目睹了多少次。

我總是提心吊膽地擔心哪天弟弟終於反抗，會用那拳頭朝父親揮去。

就這樣，弟弟忍耐到了極限，真的爆炸了。

弟弟丟下了很大一顆炸彈。

從那之後，我們一家便分崩離析。弟弟從家裡搬出去，寄居在外婆家。

一直以為自己會成為社會菁英的弟弟，現在從事的是美容業界的工作。

造成一家分崩離析的導火線雖是弟弟，由於當時我自己也快受不了父親了，很能理解弟弟的心情，也從來不怨恨他。

只是，弟弟自己似乎對我們感到過意不去。因此，為了不給家人添麻煩，他過著和我們保持距離的生活。

這樣的弟弟主動聯絡我，真的是很難得的一件事。

發生什麼事了嗎？

我擔心起來，趕緊打開訊息確認。
「姊，好久不見。我準備結婚了。」
意想不到的一句話，使我發出「欸欸！」的驚呼。
「怎麼了？」
愛由抬頭看我，露出不解的表情。
我輕拍愛由的背說「沒事沒事」，自己托著下巴想。
弟弟竟然要結婚了，真不敢相信。
還以為他就算有對象，大概只會一直跟對方同居吧。
要是父親知道這件事，家裡肯定又是一場騷動。
我輕聲嘆氣。
「吃完了！」
回過神來，才發現愛由已經吃光甜甜圈，驕傲地抬頭看我。
「那要說聲『感謝招待』喔。」
「好，感謝招待！」

女兒雙手合十低下頭，說完後又迫不及待地起身。

我也站起來，手持托盤。

「——然後啊，我上次在那裡面的占卜攤位做了『前世占卜』喔。占卜師長得超美的啦。」

耳朵不經意捕捉到女高中生這句話。或許因為我本來就對前世和占卜之類的事情感興趣吧。

當然，身心都已經是成熟大人的現在，我也知道那多半是騙人的玩意。

不過，聽她們這麼一說，才想起這間購物中心裡確實有占卜攤位。這麼想著，繼續側耳偷聽她們的談話。

其中一個女生好奇追問：「結果呢？結果呢？」

「妳的前世該不會是法國大革命時代的貴族千金吧？」

「或者是埃及王室之類的？」

側眼旁觀如此追問朋友的女高中生，我忍不住一陣莞爾。

學生時代，占卜雜誌上也常有「前世占卜」的內容，要是占卜結果說自己上輩子是歐洲的公主或阿拉伯國王，就會很高興。

但是，怎麼可能每個人都是貴族或王室啊。

占卜師一定是問了女高中生各種問題，從回答中獲取所需的資訊。

這是一種心理上的誘導話術，又叫「冷讀法」。

從觀察中推測顧客想聽到的是怎樣的前世，配合對方的期待給予答案。

反正前世究竟如何也無法確認，沒有準不準的問題。

正當我無奈聳肩，女高中生接下來說的卻是出乎意料的話。

「不是那種的啦。這個占卜師告訴我的是『前世擁有什麼』，而且還不收錢喔。」

「欸？怎麼回事？」

我一邊在內心發出相同的疑問，一邊將托盤放到回收口，再跟女兒一起走出美食區。

走了一會兒，就看見通路邊的「占卜」招牌。

在「手相」、「姓名學」和「西洋占星術」這些常見的占卜招牌中，另有一個罕見的「前世能力占卜」招牌。

「媽媽，那裡面有東京的公主喔。」

女兒沒來由的一句話，聽得我直眨眼。

女兒說著「那裡」，伸手指向那個占卜攤位。

我糾正她「不能用手指人家」，朝攤位上的女性望去，不禁恍然大悟。

那裡坐著一個外國女人。

她有一頭更接近白金色的閃亮金髮，以及瓷器般白皙的肌膚。

宛如從宗教畫上走下來的人物長相，又像哪裡來的女明星。

我總覺得好像在哪看過她，或許實際上真的是演藝人員也說不定。

「真的耶，好像公主喔。」

「不是好像，她真的是東京的公主啦。」

「東京的公主是什麼意思？」

「我跟小聰去城堡的時候，她就在裡面。」

愛由說的應該是惠比壽花園廣場裡的城堡餐廳吧。

「領養小狗時，公主也在那個公園裡喔。」

聽到愛由這麼說，我「啊」了一聲，搥打自己的手心。

「對了，她是當時在那裡演奏的人。說不定和小聰一樣，也是做活動企劃的吧。」

「做活動企劃的？」

說到這裡，外國女人似乎聽見我們的聲音，抬起頭來微微一笑，朝這邊招手。

愛由整張臉都發光了，立刻跑到她身邊。

「妳好！」

看到愛由活力十足地打招呼，美麗的外國女人瞇起眼睛笑了。

「妳好，小小姐，又見面了呢。請坐吧。」

「嗯！」

愛由毫不猶豫地在她面前的椅子上坐下來，我有點不知所措。

「不嫌棄的話，讓我幫兩位占卜吧？」

她抬頭看我，溫柔地問。

見我一臉困惑，她像是察覺什麼，又立刻接著說：

「不收錢喔。」

我只能應聲「這樣啊」，也跟著坐下來。

話雖如此，還是不完全相信她。

「請問，『前世占卜』是……」

我帶著懷疑開口這麼問，她立刻搖頭說「不是的」。

「不是『前世占卜』，是『前世能力占卜』。」

「……前世能力？」

我愣愣反問，她呵呵一笑。

「這是占星術。每個人都擁有前世傳承下來的能力，透過占星術就可以看見。」

「愛由的前世能力是什麼呢？」

愛由發出天真無邪的疑問，外國女人說「請稍等一下」，並拿出一只懷錶。

接著，她將懷錶抵在愛由額頭，打開錶蓋，現出立體投影的星盤圖案。

2014.12.20.10:30:36——上面記錄著愛由的出生年月日時。

「前世能力就是一個人與生俱來的特質、才華與能力。換句話說，是前世傳承下來的東西。至於要從哪裡看到呢，請看圖中圓盤左邊的『ASC（上升點）』。這是第一宮的起點，也是分隔第十二宮和第一宮的界線。愛由小妹的太陽星座是射手座，月亮星座也是射手座，然後，妳的ASC是雙魚座。這個ASC呢，就是傳承自前世的能力。」

「——ASC是雙魚座會怎麼樣呢？」

我皺著眉，聽得不是很懂。即使如此，因為原本就喜歡這類話題，不知不覺急切地探身向前詢問。

「這表示，愛由小妹天生具備『雙魚座能力』。」

「雙魚座能力……？」

太陽星座＆月亮星座・射手座

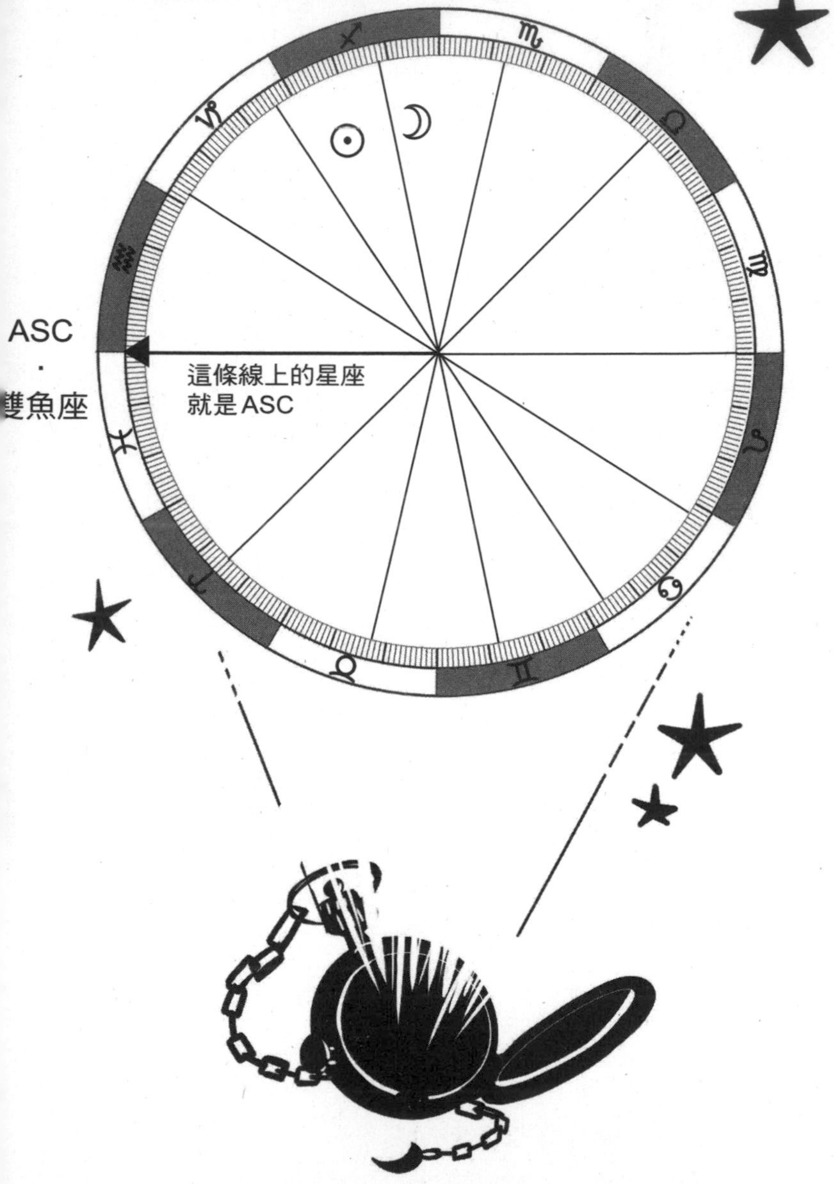

「豐富的想像力，寬容的性格，能帶給別人療癒的感受，還有第六感很強，這些都是雙魚座的特質，也就是雙魚座能力。」

被她說中了。

我咕嘟一聲吞下口水。

「這些都是愛由小妹前世養成的能力。所以，今生無須勉強，自然而然就會了。換句話說，是天生的才能。」

回過神來，才發現自己發出佩服的嘆息。

外國女人看到這樣的我，轉頭對我說「不介意的話」，舉起手中的懷錶。

「我也幫媽媽您看看好嗎？」

「啊、好的，不麻煩的話。」

我情不自禁緊張地縮起肩膀。

她將懷錶放在我的額頭上，從雙眉之間到額頭上方，竄過一陣熱熱的感覺。

和幫愛由看的時候一樣，顯現出我的星盤。

「媽媽您的太陽星座是雙子座，月亮星座是雙魚座……」

剛才聽了關於愛由的說明，覺得雙魚座好像很棒。所以，知道自己的月亮星座也是雙魚座，不禁有點開心。雖然不是很懂怎麼回事……

「那麼，媽媽您的前世能力——ASC是處女座。」

「……處女座。」

我對這星座不熟，難以想像有哪些特徵。

是給人像處女一樣清純的印象嗎？

「處女座有『正義公平女神』之稱。多才多藝，觀察力強，對什麼事都能冷靜分析，即使自己不出鋒頭也無所謂，願意默默成為支持別人的力量。您的ASC就是這麼優秀喔。」

她讚美得過了頭，我害羞得臉頰發燙。

不過，說我「不出鋒頭也無所謂，願意默默成為支持別人的力量」，這點我倒也不是沒有自覺。

「另一方面，又擁有非常敏感，容易受傷的一面。」

這個也被她說中了。
看我默不吭聲陷入思索，她似乎有點不安，偷偷窺視我的反應。
「怎麼了嗎？」
「……好厲害。」
「是啊，占星術很厲害的。」
她忽然驕傲地挺起胸膛，然後又立刻害羞地縮了縮肩膀。
「話雖如此，我還是個見習生，功力差得遠了。因此，才會這樣免費幫大家看出生圖，也算是一種學習。」
難怪不收費，這麼說我就懂了。
「順帶一提，除了與生俱來的才能外，ASC也能看出給人的第一印象或外表上的特徵。用『前世能力』來詮釋ASC的，是我在學習讀星時的老師喔。」
她小心翼翼地用掌心包著懷錶這麼說。
「知道前世的能力，對今生有什麼好處嗎？」
我忍不住這麼問。她眨了眨眼睛。

「當然有好處啊。所有打開運勢的第一步，都從『了解自己』開始。」

她這麼說。我總覺得好像有點懂，又好像不太懂，懷著模稜兩可的心情，只能含混答腔。

「用遊戲來比喻好了。人生就像RPG遊戲。ASC可以說是最初期的裝備。不必經過鍛鍊，一開始就能自然使用這個武器。拿著這個武器，主角踏上屬於自己的冒險之旅。」

聽著她的說明，我腦中浮現RPG遊戲的畫面和配樂。

「可是，如果連自己手上有什麼武器都不知道的話，應該會感到不知所措吧？」

「確實是會感到不知所措。」

我不由得認真回答。她笑著說：「是不是？」

「只要知道有什麼武器，就能在該用的時候運用，冒險之旅肯定也會輕鬆許多。」

「這就是ASC的作用嗎？」

她點頭說「對」，繼續往下說明。

「只是，一開始雖然能用初期裝備戰鬥一陣子，隨著角色的成長，周遭狀況也會跟著改變。當進入等級更高的關卡時，原本的武器就不再適用了。必須鍛鍊現有的武器，或是去拿新的武器。」

這比喻清楚易懂，我頻頻回應「嗯嗯」。

「換言之，以我的情形來說，就是得要鍛鍊與生俱來的處女座能力，使其更上一層樓嘍？」

我這麼問，她點頭說「是的」。

「不過，有時也不一定要這樣喔。當然，鍛鍊前世能力是很棒的一件事。但是，有些人有時反而會受前世能力束縛，落入動彈不得的窘境。」

「這話怎麼說？」

「舉例來說，假設有個人的ASC是摩羯座。摩羯座的特徵就是具備常識、認真勤勉，非常典型的日本人特質。然而事實上，這個ASC摩羯座的人因為前世已經徹底經歷了摩羯座的生活方式，這輩子誕生時，他希望自己『今生能過得像雙魚座那麼夢幻』。問題是，前世傳承下來的摩羯座性格卻拉扯著他，讓他不自覺產生『不能過得那麼鬆散！』的念頭，即使想按照自己的希望過日子，內心卻充滿了糾結……也是有這樣的例子喔。」

我也不是不能理解那種糾結的心情。

「ASC充其量只是出生時拿到的初期裝備，不是今生的主題。」

這種事很常見，我大大點頭。

腦中閃過弟弟的身影。

說不定，弟弟這輩子都受到ASC這個上升點的拉扯，一直在壓抑自己。

「如果陷入像您剛才說的這個ASC摩羯座人的狀態，又該怎麼做才好呢？」

「這時最重要的就是『理解自己』。好好地問自己，這輩子想怎麼活。換句話說，就是自我會議。」

「自我會議……」

我忍不住笑起來。

「假設開完自我會議的結果，明白自己『這輩子想活得像在海裡悠游的魚』，那就下定決心『我這輩子要那樣活，不過，與生俱來的摩羯座能力也不用浪費，可以運用在人際關係上』。」

「原來如此，所以我也不是『非得鍛鍊處女座能力不可』。」

「沒錯，就是這樣。」

「可是，如果開完自我會議，得出的是錯誤的結論，那怎麼辦？」

我這麼問，她卻又疑惑地眨了眨眼。

「不會有錯誤的結論啊。」

「咦？」

「每個人都擁有自己的宇宙。」

她突然做出類似宗教的發言，我苦笑起來，她嘛著嘴說「哎呀」。

「難道不是嗎？像這樣我們三人待在同一個地方，每個人看到的景色都不可能一樣吧？妳看到的景色只屬於妳，那是只在妳面前展開的宇宙。」

確實如此。

「在妳的宇宙裡，星星會把力量借給妳決定要做的事。就算會辛苦一點或繞遠路，那也都是正確答案。」

「那如果不想辛苦也不想繞遠路……」

我小聲詢問，她呵呵地笑起來。

「那妳只要那樣決定就好。星星會為妳照亮腳下的道路，但是，決定這條路要通往哪裡的人，終究還是妳自己。」

忽然有種卸下肩上重擔的心情，我輕聲說：「這樣啊……」

「……占星術真有意思，我開始感興趣了。」

聽我這麼說，她打從心底開心地笑著回答「很高興聽到妳這麼說」。

接受了「前世能力占卜」的我和愛由，和那位外國女人道謝後，走出攤位。

和我以為的前世占卜完全不同，聽完之後感覺很滿足。

我很慶幸請她幫我占卜了。

因為聽了很棒的內容，我說想要支付一些費用，她笑著拒絕。

離開購物中心，鑽進停在停車場上的車時，簡直就像算準這一刻似的，手機振動起來。

確認畫面，這次是母親打來的電話。

一定是收到弟弟說要結婚的聯絡，覺得慌張才打給我的吧。

「——喂喂？」

「喂，純子？」

母親的聲音聽起來非常憂鬱。

她一定在擔心家裡又要大亂了吧。

「媽……」

我一邊想著該怎麼說才好，一邊開口時，話筒那端傳來意想不到的話。

「今天早上，妳爸倒下了。現在人在醫院。」

2

接到母親的聯絡，我和愛由一起回老家——鎌倉。

丈夫的工作無法請假，我又不太會開車。

所以，我們一路搭電車，從筑波車站上車，先搭到北千住，再換車到品川，最後從品川換車到藤澤。

花了兩個半小時才回到老家，真是一趟漫長的旅程。

原本考慮先把年幼的愛由帶到夫家請公婆照顧，但愛由堅持她也要去，不管我說什麼都不聽。拗不過她的我，只好帶她一起去。

愛由平常是個懂事聽話的孩子，第一次這麼堅持己見。

這孩子擁有敏銳的直覺，說不定她已經感覺到我父親將不久人世。

「這是我第一次去鎌倉外婆家耶。」

愛由一邊眺望窗外景色，一邊開心地睜大閃閃發光的眼睛這麼說。

「愛由還是小嬰兒的時候也去過喔。」

即使和父親斷絕往來，我還是會趁他不在時回老家，那次是丈夫開的車。上一次像這樣搭電車回去，已經是我結婚前的事了。

「是喔？那我見過鎌倉的外公嗎？」

這句話猛地刺痛我的心。

愛由從出生到現在，從來沒見過我父親——她的外公。

無論有什麼理由，我終究剝奪了愛由見外公的權利。

內心湧現愧疚，下意識握緊拳頭。

愛由像是忘了自己剛才問的問題，開心眺望窗外風景。

我在心中對她說，抱歉啊。

站在愛由的角度想，或許該讓他們見面才對？

不、不可能。

畢竟我過去甚至連這個念頭都沒有過。

——家庭崩壞那天的事，至今仍鮮明地留在記憶中。
然而同時，回想起來的景象，色彩卻都像舊照片般泛黃褪色。
那是一種很不可思議的感覺。
當時，我剛上大學一個月。
對宿舍生活還沒有十分適應。
某天，媽媽叫我回家。
她擔心我開始新生活後缺這個少那個會很困擾，說要和父親一起帶我去購物中心採買。
在媽媽拜託下開車載我們去的父親很不高興。
「買東西超麻煩的，妳們快點買一買，我在車上等。」
說了這種話，父親始終待在停車場等。
我和媽媽在賣場裡買了許多展開新生活後才察覺沒準備到的東西，回過神時，已經花了不少時間。
在車裡等的父親非常生氣，衝著我們罵「怎麼這麼慢！」「妳們女人就是這樣！」回家的路上，車內氣氛一直很緊繃。
坐在後座的我握緊拳頭。
「這是最後一次了，以後再也不要和爸爸共度任何時間。我受夠了，已經極限了，就算以後不再住宿舍，我也不要回家。就算要回，也要趁爸爸不在的時候。我已經不想再看到他了。」
彷彿唸什麼咒語一般，腦中一遍又一遍地這麼告訴自己。
就這樣，我們回到家。
人生中似乎有所謂「惡魔時刻」。
那時，媽媽一定是想緩和車內沉重的氣氛才那麼說的吧。
她說：「對了，今晚在停車坪吃BBQ好了。」
因此，爸爸沒把車停進自家停車坪，而是開進了附近的停車場。
如果那天，一如往常把車停在自家停車坪的話，人在家中的弟弟一定會從引擎聲察覺我們回家的事吧。他做夢也想不到，開車出門的我們怎麼會走路回家。

我們一進家門，就看到弟弟站在與客廳相通的和室內。
身上穿著我的白洋裝，站在全身鏡前。
看到他這副模樣，我們都嚇到了。
弟弟自己也是。
看見突然進門的我們，他睜大眼睛，說不出話。
父親一看到這身打扮的弟弟，二話不說就上前揍了他。
隨著鈍重的撞擊聲，弟弟跪在榻榻米上。
鼻血從他鼻子裡流出來，染紅了我的白洋裝和榻榻米。
「你是變態嗎？」
父親像從喉嚨深處擠出聲音來似的低吼，抓住弟弟的領口。
下一瞬間。
弟弟無言地將父親身體用力推出去。
輕易就將父親推得跌在榻榻米上。這件事令我非常吃驚。

對我們來說，父親向來是絕對強大的存在。
然而，曾幾何時，弟弟已經有了能輕易推倒父親的力氣。
第一次被兒子反抗，父親躺在榻榻米上，露出茫然的表情。
弟弟頂著被打腫的臉，眼中泛著淚水，對我們大喊：
「對啦，其實我一直都是個男大姐！」

──想起當時的事，我用手撐住額頭。
接下來的發展更是不得了。
父親對弟弟大吼「滾出去」後，換我對父親大喊：
「爸爸太過分了！為什麼要做這麼過分的事？我最討厭爸爸！我和次郎都忍耐很久了！」
父親可不是會被這種事嚇到的人。
他一副凶神惡煞的樣子對我說：「那妳也滾出去！不用再回來了！別以為我會繼續幫妳付學費，大學退學去工作賺錢吧！」

聽到他要我退學那一剎那，我被堵得什麼都說不出口。
父親總是這樣，抓住對方的弱點，試圖藉此支配對方。
然而，他說得沒錯。我之所以能上大學，還不是靠父母的資助。
接下來或許能自己打工支應學費，但是父親幫我付的註冊費，卻沒辦法馬上還給他。
「好啊，我就這麼做！大學不讀了，我去工作總行吧！」
既然你這麼說，那我就這麼做。
最後，是母親哭著居中緩頰，我和父親才彼此各退一步，由我自己支付接下來的學費，而他答應我可以不用退學……
從那天起，已經過了多少年？
或許因為一直沒和父親見面的關係，時間彷彿停留在那一天。
直到現在，每次回想起那天的事，憤怒依然立刻湧上心頭。
已經和他斷絕關係了，今後的人生不需要父親。我一直這麼認為。
也始終相信這個想法不會改變。

——可是，當父親可能就這樣死掉的可能性放在眼前時，思緒還是非常複雜。

3

從筑波車站出發後，過了兩個多小時。

抵達藤澤車站，我們又轉搭江之電，坐了十五分鐘左右的車。

來到離老家最近的一站，「鎌倉高校前」。

「好久沒來這一站了。」

這小小的無人車站外觀平凡無奇，只有簡單的單線月台。

但是，站外的景色卻是非常美好。

大海就在眼前，綿延的海岸像一幅全景照片。

這樣的景致大受好評，曾被選入「關東車站百選」，是鎌倉的知名景點之一。

不過，對於在這裡成長到高中才離開的我而言，卻是再熟悉也不過的景色。

我當然也很中意這裡的風景，但總無法理解，為何有人特地大老遠跑來這裡觀光。

然而，現在我終於明白那些不遠千里而來的人的心情了。

久違地看到這片景色，從這裡眺望大海，瞬間被那壯闊的美景震懾，內心一陣激動。

小小的電車駛過，恰好勾勒出海岸線。

這樣的景色至今仍活生生地保留在此。

簡直就是個奇蹟。

愛由也像是非常感動，嘴裡發出「嗚哇」的歡呼，張開雙臂。

「整片都是海耶！」

出門時還活力十足的愛由，搭車搭到一半就累得打起瞌睡。不過，眼前的景色瞬間趕跑了睏意，使她眼神閃閃發光。

看到她開心的樣子，我也覺得很高興。

原來我比自己以為的更愛這片景色。

眼眶一熱，為了掩飾自己的感傷，我牽起愛由的手往前走。

「我們走吧。」

嗯！愛由也興奮地邁開腳步。

走著走著，來到看得見車站後側的地方。

「那裡是墳墓吧？」

愛由忽然說了令人意外的話。

「對喔，這個車站的後面是墓地。」

「在那裡隨時都能看見海，很棒耶。」

是啊。我一邊這麼回應，一邊拿起手機傳訊給母親。

「我們到車站了，可以直接去醫院嗎？」

母親立刻傳來回覆。

「妳爸爸還要做各項檢查，今天我也會先回家。所以妳們先來家裡好嗎？」

我回覆「知道了」，把手機收進包包。

其實我也還沒做好心理準備，可以不用直接去醫院面對爸爸，反而稍微鬆了一口氣。

「愛由，難得來一趟，我們去海邊走走吧。」

「嗯！」

走出車站，步下階梯。

聽見平靜的浪潮聲。

十二月的海岸人不多。

今天天氣很好，蔚藍的天空彷彿與大海相連。

反射了陽光的海面粼粼生輝。

愛由放開我的手，一副很開心的樣子，發出歡呼聲往前跑。

我本來想說「小心別跌倒了喔」，想想還是閉上嘴巴。

沙灘很柔軟，就算跌倒也不會受傷。

我想讓愛由順著感覺走，盡情享受此刻的雀躍。

冷冷的海風，發光的海面，正因身在此處才能感受到的這份能量。

愛由快樂地回到我身邊，天真地問：

「媽媽小時候也在這個海邊玩嗎？」

我點頭說「嗯」，視線望向海平線。

「經常來這裡玩喔。」

學生時代，和朋友一起來。更小的時候，和弟弟一起帶輪來。

輪來這裡的時候，就跟剛才的愛由一樣盡情玩樂。

大海看似永遠不會變，其實不是如此。

天空和雲朵的形狀會隨四季改變，大海也會展現不同的樣貌。

春天和煦寧靜，夏天熱鬧歡樂，秋天引人深思，冬天雖然嚴峻但也包容一切。

「這麼一說我才想起來，夏天也會在這裡玩煙火喔。」

「這裡可以玩煙火嗎？」

愛由擔心地問。因為我們家附近可以玩煙火的地方有限。

看著她的臉，我微笑說：

「現在不確定，我小時候只要玩完收拾乾淨就沒關係喔。」

我一邊回答，一邊回憶當年。

沒錯，和弟弟兩人在這玩了煙火。

輪怕煙火，總是坐在我後面。

我們帶著各式各樣的煙火和鞭炮來玩，最後放的一定是線香煙花。

只有放線香煙花的時候，輪才會一點也不害怕地靠過來看。

「好懷念啊……」

「媽媽，那座島是哪裡？」

愛由指著海岸線上突出的島。

「那裡就是江之島喔。」

那座島也令我懷念。當年經常帶輪散步到那裡。島上有很多貓。溫柔的輪和貓也能和平相處。

雖然很想帶愛由去江之島，現在不是做這種事的時候。

「好了，我們去外婆那邊吧。」

說著，我朝愛由伸出手，她也聽話地點頭，握住我的手。

爬上階梯，離開海邊。
海潮聲仍不斷從背後傳來。

4

背對海岸，走進住宅區，我的老家就在裡面。

門上掛著「長谷川」的名牌，是我婚前的舊姓。

幾乎稱不上有院子，但有一個勉強能停一輛車的停車坪。

以前，這裡總停著一輛白色轎車。不過，在父親的駕照已繳回的現在，那裡已經沒有車了。取而代之的是兩輛電動腳踏車，以及母親用來種菜的幾個花盆。

「這裡就是外婆家？」

「對喔。」我這麼回答，按下門鈴對講機。

然而，沒有人回應。

「外婆好像還在醫院，還沒回來。」

「我們進不去嗎？」

「媽媽也有鑰匙，沒問題喔。」

和爸爸鬧翻後，我原本打算把自己那把備鑰還給媽媽。但是媽媽說「又不知道我們會發生什麼事，鑰匙妳還是收著吧」，我才打消念頭。

拿出備鑰，把門打開。

踏入玄關，撲面而來的是懷念的氣味。

從佛壇飄出的淡淡線香味，爸爸愛用的桂花芳香劑，還有媽媽燉東西的香氣。這些夾雜在一起，就是「老家的味道」。

「有外婆的味道耶。」

愛由這麼說著，打開踏入玄關後右手邊的門。

門後面是客廳，旁邊是餐廳，客廳再往裡面走就是和室。

客廳裡有沙發和茶几，另一端有簷廊和大大的窗戶。

弟弟出生前，那原本是往室外突出的普通簷廊。後來因為太冷，家裡整修後，改成了室內簷廊。

簷廊上，有一根粗粗的柱子。
我經常背靠柱子坐在那裡看書。
這種時候，輪會來到我身邊，用屁股緊靠我的身體。
只要喊一聲「輪」，牠就會轉向我，心情很好似的咧嘴一笑。
那樣子實在太可愛，我總情不自禁緊緊抱住牠。
感受著輪的溫暖與毛皮的觸感。
真的好愛牠。
這樣的輪過了十三歲後，好像開始變得不太活動。
身體經常出毛病，獸醫也說，從年齡來看，該要做心理準備了。
接到母親的聯絡，說輪已經快不行了，是我出社會第一年的年底。
現在回想起來，那天也是十二月。
「醫生說時間不多了。妳爸今天會晚回家，妳回來看看輪吧。」
傍晚時，接到母親這樣的聯絡。
我謊稱身體不舒服，從公司早退，飛奔回家。

可是，還是來不及。回到家時，輪已經嚥下最後一口氣了。

一時之間，我完全無法相信。

趴在簷廊上的輪閉著眼睛，就像平常在那裡睡覺時的模樣。

我喊牠，輪。

要是平常，牠會抬起愛睏的臉，對我咧嘴微笑。

然而，這時的輪沒有抬頭。

伸手去摸，身體還有溫度，但變得有點僵硬了。

那是我從來沒在輪身上摸過的觸感。

這時，我才第一次體認到，輪已經不在了。

我抓著已經動也不動的輪的身體，從喉嚨深處擠出聲音一般哭倒在簷廊。

對不起，對不起，我哭著道歉，撫摸輪的身體。

明明是我帶你回家的，卻沒能陪伴你到最後。

在你最需要我的時候，我卻離開了家。

「……」

一想到那時的事，我就喘不過氣，眼淚差點流下。
——那天，我大哭一場之後，跟媽媽道了歉，也沒過夜就又離開老家。
說我明天再回來跟她商量納骨的事。
因為，我不想在身心俱疲的狀態下跟父親見面。
他一定會罵我「不負責任」。
我自己都已經在責備自己了，要是又被爸爸說了什麼，可能承受不住。
全黑的天空下，獨自一人站在鎌倉高校前車站的月台上。
一邊等電車，一邊感受刺骨的冷風毫不留情刮痛我被淚水沾濕的臉頰。
那時的痛，彷彿昨天才剛發生似的，鮮明殘留在心中。

「啊、是外婆。」
聽見愛由的聲音，我回過神來。
隔著窗戶看見母親，愛由奔向玄關。
「真是的，在屋子裡不要奔跑！」

我對著愛由背影提醒她，擦掉自己眼裡的淚水。

「外婆！」

「喔，妳們已經到了啊。歡迎妳來，愛由。」

玄關傳來熱鬧的聲音，我不禁面帶微笑。

「純子也是，歡迎回家。抱歉我這麼晚才回來，路上去買了點東西。」

這麼說的母親，手上提著裝了滿滿東西的購物袋。

母親喘口氣，把購物袋放在餐桌上。

「要買什麼怎不跟我說，我買回來就好。」

「哎呀，這些都是要給愛由的禮物嘛。」

袋子裡滿滿都是零食和玩具。

看到那個，愛由臉都發光了，喊著「哇！是《流星天使》！」

「這袋都是要給愛由的喔，妳可以打開看。」

母親把其中一個袋子交給愛由。

「謝謝外婆！」

愛由提著那一大袋東西，走向簷廊。

一樣一樣拿出袋子裡的東西，發出歡呼。

「媽，不好意思，這種時候還勞煩妳去買那些……」

「哎呀，孫女難得來，這點小事沒什麼。」

「爸爸狀況怎麼樣？」

「妳爸爸早上正要喝茶時，手忽然一麻，杯子就這樣掉下去了。然後，他連話也說不好……」

「那、那後來呢？」

「我心想這很危險，立刻叫了救護車。幸好我反應快，現在算是沒事。雖然身體可能無法恢復到像過去那麼靈活，至少沒有生命危險了。復健可能會很辛苦，人還在就好。」

母親像是打從心底鬆了一口氣。

「……媽媽妳也真是辛苦了。」

我情不自禁這麼咕噥。

這句話太小聲，母親似乎沒有聽見。

「嗯？」她這麼反問，我搖頭說「沒什麼」。

「那麼，晚餐就看我大顯身手嘍。」

看到母親開心的樣子，我也笑著回應「我來幫忙」。

晚餐吃壽喜燒。

愛由開心得眼角下垂，直喊「好吃好吃」。

「明天就能看到外公了呢。」

她還滿懷期待地這麼說。

每次聽到她這麼說，母親就顯得很高興，我的心情則是五味雜陳。

餐後，愛由和母親一起去洗澡，之後大概因為舟車勞頓一天也累了，不知不覺就在和室裡睡著。

我急忙準備棉被，讓愛由躺下來睡。

母親在廚房燒水，看到我這樣，瞇著眼睛微笑。

和室裡有個小佛壇。

一定是母親佈置的吧，上面放著輪的照片。

佛壇一角，擺著一本小小的相簿。我輕輕拿起來翻看，裡面都是輪的照片。

還很有活力時的輪，看得我胸口一緊。

忍不住低聲喊了「媽媽……」。

「純子，要不要喝茶？」

我說聲「好」，闔上相簿，放回原本的地方。再確認一次愛由蓋好了棉被，就走向餐廳。

「話說回來，媽媽妳還真鎮定。聽到爸爸病倒，我還以為妳會更慌張呢。」

「哎呀。」媽媽一邊在桌上放下兩杯茶，一邊坐下來說：

「妳爸倒下那時我是很慌張啊。都已經做好最壞狀況的心理準備了。後來聽到沒有生命危險，光是這樣就放心多了。」

是喔。我這麼答腔。

即使是爸爸那麼蠻橫的人，對媽媽而言還是重要的存在。

「再說，當媽當久了，神經早就變得很粗。」

「這倒是。我當媽的資歷雖然還淺，但我懂妳的意思。」

「妳當時一直懷不上孩子，辛苦了好一段時間呢。幸好到最後都沒有放棄。」

「沒這回事喔。」

我露出苦澀的表情回答，在母親對面的位子坐下。

「沒哪回事？」

「其實，不孕治療太辛苦，我早就放棄了。」

「是這樣啊……」

當時，無論心理還是經濟上都面臨極限。

「我會有那種『不管怎樣都要生小孩』的心情，大概是因為擺脫不了爸爸的『魔咒』吧……」

不明白我想說什麼，媽媽睜大眼睛。

「爸不是常說嗎？『女人就是要早點結婚生小孩。』」

聽我這麼一說，母親才恍然大悟地點頭。

「爸那些威權壓迫的言行舉止，全都像是束縛著我的魔咒。我就是因為擺脫不了爸的魔咒，才會那麼拚了命地想生小孩。這麼一想，忽然覺得很蠢，就中止治療，全都放棄了。」

那陣子，我疲憊到了極點。

聽到丈夫對我說「放棄治療吧，我們已經夠努力了」，忽然感到一陣輕鬆，像是卸下了肩上的重擔。心想，夫妻兩人一起生活下去也很棒。

放棄這件事，有時是一種認可。

後來，即使看到別人的小孩，心情也不會焦慮了。

原本的期盼，轉變為「要是和孩子有緣，能順利懷上就好」的程度。和過去的拚命不同，不再那麼執著了。

「結果，就懷了愛由……」

我托著下巴，目光轉向愛由。

得知懷孕時，我真的傻住了。

殷殷期盼了那麼久的奇蹟終於發生了，我卻有點難以置信……

或許夢想實現的時刻都是這樣的吧。

母親垂下視線喃喃低語：「原來是這樣啊……」

「抱歉啊，成為束縛妳的魔咒。」

「媽媽不需要道歉啊。我很清楚，要面對那樣的爸爸，妳才是最辛苦的人。」

聽我這麼一說，母親搖搖頭。

「不是這樣的，純子……」

正當她想說什麼時，我的手機振動起來。

畫面上跳出丈夫傳來的訊息：「現在可以講電話嗎？」

體貼的母親立刻站起來說：

「那媽先去睡了。」

「嗯，晚安。」

母親走出客廳後，我打了電話給丈夫。

「——啊、抱歉，沒能早點聯絡你。爸暫時好像沒事了。」

「明天妳們要去探病吧？」

丈夫當然知道我和父親的關係。他小心翼翼地這麼問，我一時之間說不出話來。

「嗯，愛由也想見外公……老實說，我自己是不想看到他。但是，總覺得為人父母不能這麼自私，剝奪愛由見外公的權利。」

也想過我留在家，讓母親帶愛由去醫院就好，又怕父親不知道會對愛由說什麼。

這樣啊。丈夫嘆著氣回應。

大概是察覺了我的心情，又像是鬆了一口氣，丈夫說：

「久違的鎌倉怎麼樣啊？星星都看得很清楚吧？」

感受到他刻意轉換話題的溫柔，我不由得微笑。

「星星？有嗎……跟在筑波看到的差不多吧？」

晚上十二點過後，筑波總能看見閃閃發光的星空。

閒聊了一會兒，掛上電話後，我收拾桌上的茶杯。

洗澡前打開冰箱想拿水喝，才發現沒有牛奶。

愛由早上一定會想喝牛奶。

再說，難得回老家，我至少該幫母親做一頓早餐。比方說，法式吐司之類的……

「去一趟便利商店吧。」

我披上外套，走出家門。

鎖上門，踏入安靜的住宅區。

室外空氣冷冽，但不至於冷得要把身子蜷縮起來，涼涼的反而舒服。

抬頭仰望天空，很普通的夜空。

「要是到海岸邊，不知道會怎樣？」

這種時間去海岸，會有危險嗎？

總之，往車站的方向走去看看吧。

走在夜路上，沉浸在懷念的心情中。

一直走到看得見海岸的地方，我伸長脖子。

往江之島那個方向的沙灘上，好像有些亮光。

定睛一看，似乎是一輛廂型車。

「會是什麼呢……」

步下石階，走到沙灘上。

潮水捲上岸邊又退去，發出靜謐的波浪聲。

夜空中掛著半輪月亮。月光下，有一輛行動咖啡車。

車子前方豎著「滿月咖啡店」的招牌，還放了一組桌椅。

嗯？我凝神細看。

這輛行動咖啡車，上次也有來筑波公園。

「原來也會來這裡啊。」

桌上站著一隻黑貓。

長長的尾巴，配合潮水的聲音左右搖擺。
黑貓轉過頭，看到我，喵了一聲。

5

我做夢了。

夢中，海岸邊有一輛行動咖啡車，還有黑貓跟我說話。

不經意往後面看，看見了小時候的我、弟弟，還有愛犬輪的身影。

我們正在放線香煙花。

線香煙花的火花啪啦啪啦四散。

為什麼呢？

我內心非常激動，哭了起來。

「媽媽，妳怎麼了？」

聽見這個聲音，我睜開眼睛。

愛由一臉擔心地湊上來看我。

刺眼的晨光，從簷廊的窗戶照射進來。
咦？我皺起眉頭。
昨晚，我去了海邊，看到一輛行動咖啡車。
後來的事就沒有記憶了。
夢中的我哭了，現實中似乎也流下眼淚。
淚水沾濕了眼角和太陽穴。
「媽媽，妳肚子痛嗎？」
愛由擔心地瞇起了眼睛。
她這模樣太惹人憐愛，我忍不住緊抱住她。
「沒有，媽媽只是做夢了。」
「傷心的夢？」
「我不記得了……」
但是，總覺得那不是個傷心的夢。
我翻身起來。

「肚子餓了吧？媽媽打算來做今天的早餐。」

才剛說完，我心頭赫然一驚，視線朝廚房望去。餐桌上有一包吐司，應該是我昨晚從便利商店買回來的。

「……我果然有出門買東西。」

我站起來，拿起吐司。

直接走向冰箱，打開確認，也有牛奶。

「媽媽，妳怎麼了？」

我搖頭說「沒事」。

「我來幫妳做法式吐司喔。」

愛由高舉雙手，發出「耶」的歡呼聲。

這時，客廳的門打了開，母親一邊道早安，一邊走進來。

「哎呀，妳要做法式吐司給我們吃嗎？太好了。」

「外婆，早安。今天可以去外公那邊吧？」

「是啊，要麻煩妳們了喔。我們搭計程車去好了。」

聽見她們的對話，我內心五味雜陳，嘆了一口氣。

只是，和昨天不同的是，心情並不沉重。

在電話中確認可以探病後，我們前往醫院。

那是藤澤市區內的大型醫院。

下了計程車，走進醫院一樓大廳。

向來討厭醫院的愛由，踩著雀躍的腳步。

「愛由真是的，妳平常不是很討厭來醫院嗎？」

「因為今天我不用打針啊。」

看著這麼說的愛由，母親笑了起來。

往病房走的路上，我的心跳愈來愈快，發出噗通噗通的討厭聲音。

幾年沒見父親了？

「長谷川達夫」。

看著房門上父親的名字，胸口一陣刺痛。

看來，父親住的是單人房。
母親簡單敲門後，不等回應就把門打開。
「我們來了喔，今天身體覺得怎樣？」
「……喔，好多了。」
聽見他們這麼對話的聲音。
我站在走廊，動也不動。
然而，愛由卻毫不猶豫地跑進病房。
「午安，外公。初次見面，我是市原愛由。」
愛由用活力十足的聲音打招呼，我嚇了一跳，探頭朝病房內窺看。
父親將床調高四十五度，靠在上面坐著。
以前對父親的印象總是高頭大馬，現在卻覺得他人不但瘦了，還矮小許多。
父親看到愛由，瞪大了眼睛。
「怎麼了，孩子的爸。這是愛由啊，很可愛吧？」

母親眼眶含淚，高興地撫摸愛由的頭髮。

父親瞬間瞇起眼睛，但隨即察覺站在門前的我，表情又暗沉下來，把頭轉開。

「……喔。」

愛由明明好好地向他打了招呼，他卻只用這句話回應。

沒錯，我父親就是這種人。

心中湧現了怒氣。

可是，愛由本人像是一點也不介意似的，走向病床。

「外公，謝謝你昨天送我的點心和玩具。」

欸？父親皺起眉頭。

「整袋都是愛由喜歡的東西，我好高興喔。」

愛由繼續這麼說，父親似乎很困惑，朝母親看了一眼。

「妳跟她說的嗎？」

母親搖頭回答「我沒說啊」。

看到這一幕，我內心雪亮。

那些點心和玩具，一定是父親對母親說「愛由要來的話，去買點什麼給她」才買的。

感受力比一般人敏銳的愛由，肯定察覺到那些禮物不只來自母親，也包含了父親的心意。

「愛由啊，現在很迷《流星天使》喔。外公，你知道那個嗎？」

「啊、不……」

「超可愛的說，愛由最喜歡星之子。」

不以為意的愛由繼續這麼叨叨絮絮，父親尷尬地吶吶答腔。

這真是令人莞爾的光景。

令我一陣混亂。

「……愛由，媽媽去買點喝的來。」

我感到如坐針氈，決定先離開這裡。

走到自動販賣機旁，附近設置了一個小休息區，擺了幾張長椅。

我在無人的長椅上坐下，嘆口氣。
大概是擔心我吧，母親隨後也來了。
「純子，妳還好嗎？」
一看到母親的臉，我才發現自己表情相當扭曲。
「現在是怎樣？以前明明是那麼蠻橫又冷酷的人，現在上了年紀，在外孫女面前倒成了個不善表達的笨拙老爺爺了嗎？」
看到父親變成這樣，我一時之間難以接受。
我低下頭，母親悄悄在我身邊坐下。
「妳爸爸他啊，從年輕時就是這麼不善表達喔。」
我什麼話都不說，母親只好繼續：
「再說，現在回想起來，妳爸爸他總是在當壞人。」
「……什麼意思？」
「還記得真紀嗎？妳以前很黏她。」
「啊、嗯，住我們家附近的真紀對吧？」

真紀是住我們家斜對面的鄰居姊姊。當時在讀大學，英語說得很好，對人溫柔，又懂很多事情。年幼的我很崇拜她。

「對，就是那個真紀。她後來在工作上頗受肯定，被調派到國外去了。真紀的媽媽因此非常寂寞。我就跟妳爸說『萬一純子也跟真紀一樣熱衷工作，還跑到國外去的話，雖然是值得驕傲的事，我們一定會很寂寞吧』。妳爸聽了也很緊張……因為他一直希望純子能留在身邊。」

一時之間，我說不出話來。

「可是，不只這樣吧？爸說過更多過分的話啊，就連輪來家裡那天也是……」

『狗的壽命很短，很快就會死了啦。到時難過的還不是妳自己。』

想起父親這句話，我忍不住咬緊下唇。

「妳爸爸他啊，是看到妳在小狗面前單純開心的樣子，為妳感到擔憂了喔。不管怎樣，寵物一定會比人先離開這個世界，所以他才希望妳可以對『狗的壽命比人類短，總有一天會先離開』這件事做好心理準備。」

完全沒想到會是這樣，一陣頭暈目眩。

「欸？什麼意思？就算這樣，也不用特地把那種話說出口吧。反正不管做多少心理準備，那一刻來時還是會悲傷。」

母親苦笑回應「是啊」。

「妳爸小時候也養過狗，死掉的時候他真的很悲傷。或許是自己有過這樣的經驗吧，才會忍不住想提醒妳。他真的是個不善表達的人啊。」

從剛才開始就一直說他不善表達……我皺起眉頭。

「爸那種人，不是一句『不善表達』就能帶過的吧，尤其是對次郎的態度，真的教人看不下去。」

「是啊，對純子也是那樣沒錯，對次郎更是說得太過分了。」

我點頭說「嗯」。我受到的待遇還只是小意思，弟弟才真的令人同情。

「可是，妳爸爸他也是為次郎想，才會說那些話的喔。次郎從小就是個纖細敏感的孩子，爸爸擔心次郎出社會後無法承受，才會對他特別嚴厲。或許因為妳爸爸的父親……爺爺也是個非常嚴厲的人吧。」

祖父在我很小的時候就過世了，我對他幾乎沒有印象。
但確實有聽說過，他是個非常嚴厲的人。
「妳爸爸他啊，年輕的時候本來想當攝影師。可是，被他父親大力反對，後來才會從事中規中矩的工作。即使如此，以結果來看人生還算是幸福，他也覺得父親說得沒錯吧。所以，他才會用同樣的態度對待次郎……」
「咦？爸想當攝影師？」
我第一次聽說這件事，情不自禁往前探身。
「是啊。妳不也看到了嗎？佛壇上的相簿，那些輪的照片，都是妳爸爸用單眼相機拍的喔。妳離家之後，他照顧輪的時間比我還多。」
我心跳得愈來愈用力。
「就像純子說的，他的許多言行舉止都不是用一句『不善言詞』就能帶過。這點妳爸他自己也承認。所以，即使被你們兩個討厭，他也默默接受了。就算這樣，還是暗中支持著你們。」
這點我其實也早就感覺到了。

大學的學費、結婚、生小孩時的支出，母親在各方面都出了不少力。
那大概都是父親授意的吧。
雖然不想承認……
見我露出痛苦的表情，母親輕聲嘆氣。
「有件事他一直不讓我說。」
什麼？我望向母親。
「輪病危的時候，我說妳爸因為工作會晚回家，那是假的。」
「假的？」
「妳爸說『叫純子回來吧』，『她回來這段期間，我會去外面』……」
我瞠目結舌，無言以對。
「……我知道妳很難受。可是，妳爸他也很難受喔。這點希望妳能明白。」
留下這句話，母親起身說「那我回病房了」，從休息區離開。
我茫然目送母親的背影。
腦袋混亂得變成一片空白。

父親是那麼蠻橫，總用威權壓制小孩，拿現代流行語來說，就是「毒親」。
我一直無法原諒他。
現在才跟我說這些有什麼用……
這麼想的瞬間。
彷彿聽見不知何處傳來的海潮聲。
同時，昨夜發生的事也在腦中復甦了。

★

——半月漂浮在深夜的海面上。
沙灘上，有一輛名為「滿月咖啡店」的行動咖啡車。
桌上黑貓察覺我的到來，輕巧轉身。
「歡迎光臨，等妳很久了。」
聽見黑貓開口說話，我並不太驚訝。

或許因為感覺就像在做夢。

更吸引我注意的，是牠說的那句話。

「等我很久了？」

「之前我們店長不是說過嗎？『不久後我們應該會再次見面。』」

說著，黑貓瞇起紫色的眼睛。

直接拿起放在桌上的「RESERVED」牌子，對我說「請坐」。

這似乎是專程為我準備的位子。

感覺一切都是那麼不可思議，我坐上椅子。

不經意地抬頭，頭頂是一大片美麗的星空。

情不自禁低聲驚嘆。

天上發光的確實是冬天的星座，我卻感覺不到剛才的寒冷。

捲起又退去的海潮聲，像是這間咖啡店的BGM。

正當我仰頭欣賞夜空，三毛大貓店長從咖啡車上走出來。

我還記得他，記得很清楚。

店長走到我面前淺淺微笑。

「再次歡迎您的光臨，『滿月咖啡店』沒有固定的店面。有時在你熟悉的商店街，有時在電車的終點站，有時在安靜的河邊空地，地點不一定，心血來潮出現。同時，本店不會問客人要點什麼。我們將為您準備最棒的甜點、食物及飲料。」

我笑著回答「好的」。

「今天為客人您準備的，是這杯飲料……」

說著，店長在我面前放下一個偏大的玻璃杯。

那是一個沒有握把，形狀像壺的透明玻璃杯。

裡面除了紅茶和冰塊，還有火花四散的線香煙花。

「這是您的『線香煙花冰茶』。」

我疑惑地把臉湊近玻璃杯，凝視在液體中綻放的煙花。

這裡面有什麼機關啊？

「像煙花綻放一般萃取茶葉與回憶。煙花四散，待最後一片火花落下，就是最佳飲用時機。」

說著，大三毛貓在我面前放下一根吸管。

「萃取茶葉與回憶……」

這浪漫的說詞，使我輕輕笑了起來，表情輕鬆許多。

在紅茶裡迸跳的琥珀色煙花有著奇蹟般的美。

我凝視玻璃杯，一時之間看得忘我。

忽然聽見背後傳來喧鬧的聲音，悄悄轉頭一看。

是兩個孩子，男孩與女孩，正在玩煙火。

他們玩的是線香煙花。

女孩身邊跟著一隻很像柴犬的狗。

我用力嚥下口水。

那是過去的我們。我和弟弟，還有輪——

小學時，每到夏天，我們就會像那樣玩煙火。

這時我看到，在那樣的我們後方，還有一個人影。一個成人男性。

他什麼都不說，只是在相隔一步的地方守護著孩子們。

——是父親。

放完煙火，我們站起來。父親又無言地開始收拾垃圾，然後率先往前走。

我手握輪的牽繩，和弟弟一起走在父親後面。

沒錯，就是這樣。為何我會忘了呢？

我老是只回想父親討人厭的地方。

卻把他如此陪伴我們的美好回憶都排除在腦海之外。

冰塊發出「哐啷」的聲音。

紅茶中的線香煙花掉落。

同時，兒時的幻影也如一陣輕煙消失。

我懷著被狐仙迷了的錯亂心緒，拿起吸管，喝一口「線香煙花冰茶」。

濃醇而不苦澀。那淡淡甜味是蜂蜜嗎？

滋味擴散口中，眼眶一熱。

「……好好喝。」

我靜靜吐露感想，耳邊傳來「那太好了」的聲音。

抬起頭，那隻黑貓不知何時坐在我對面的椅子上。

驚訝之餘，我激動地向前傾身。

「請問，這是特地為我預約的位子嗎？」

黑貓點頭說「對啊」。

紫水晶般美麗的紫色眼瞳閃現光芒。

「怎麼知道我會來呢？難道我在自己不知不覺中預約了嗎？」

黑貓搖搖頭。

「預約這位子的不是妳。那已經是二十一年前的事了，對方說，要是哪天妳來了，就拜託我們招待妳。」

我本想問「是誰……」但沒有說出口。

因為腦中已清楚浮現對方的身影。

「——是輪？」

黑貓輕輕一笑。

「那孩子的名字叫『輪』是吧?輪迴的輪，真是個好名字。」

我一陣激動，害羞地道謝。

輪離世之前，把我託付給了滿月咖啡店。

這麼一想，就覺得很不可思議。

「最近，我家將會來一隻新的狗。那隻狗的名字，也已經決定叫『輪』了……說不定是輪的轉世重生呢——開玩笑的啦，哪有這種做夢一樣的事。」

我自言自語，又想起眼前的狀況更像在做夢，不由得輕聲笑出來。

於是，黑貓微微瞇著眼睛說：

「轉世重生這種事是真的有喔。妳上次不也聽過『傳承自前世的能力』的事了嗎?」

回想上次在占卜攤位遇到的金髮外國女人，雖然有點疑惑，仍點頭回答「對」。

「人們重生時，會帶著前世積的陰德。可是，有些做了非人惡事的人，轉世重生時可能會變成動物。當然也有反過來的狀況。」

「也就是動物轉世變成人嗎？」
黑貓點頭說「對」。
「受人深愛的動物，也能轉世重生為人。當然，前提是動物本身想這麼做。所以，轉世重生為人的動物，前世多半是寵物。」
我凝視著黑貓，原來還有這種事啊。
「妳知道為什麼轉世重生為人的多半是寵物嗎？」
「因為牠們看過人類的生活，覺得很羨慕？」
聽我這麼一說，黑貓淡淡一笑。
「大部分寵物都不那麼認為喔，只覺得人類生活很辛苦而已。」
或許吧。我聳聳肩。
「即使如此，寵物們仍想重生為人，為的不是自己，而是為了幫助牠們所愛的人喔。所以，這樣的人，生來就帶著很高的陰德值，比一般人擁有更特殊的能力。我們稱這類崇高的存在為『星之子』。」
「這樣啊……」

如此說來，輪也可能重生為人類了？

我暗自心想。

「是啊。」

黑貓點點頭。

我心頭一驚，抬頭看牠。

就在這時。

「——媽媽。」

愛由的聲音使我回過神來。

抬頭一看，她正朝休息區探頭。

然後，直直朝我飛奔。

那天晚上，黑貓說的話在腦中迴盪。

『受到妳與家人深愛的那孩子，轉世重生為人，強烈地希望自己能幫助妳和妳的家人喔。』

我心中的線香煙花綻放了。

「愛由！」

輪重生為這孩子，前來幫助我。

輪不忍心看到我苦於無法懷孕，也不忍心看我們一家分崩離析，所以來幫我們了。

「謝謝妳，愛由。謝謝妳來。」

我用力抱住愛由。

「妳迷路了嗎？」

愛由嚇了一跳，窺視我的表情。

我用自己的額頭碰觸愛由小小的額頭。

「嗯……迷路了。」

真的，我曾經迷了路。

不、那甚至稱不上迷路。
我根本連動也沒有動。
原來我竟是如此脆弱的人。
要是心有不滿，就應該跟父親正面講開才對。
好好吵一架也是必須做的事。
我們應該讓彼此知道對方的想法。
然而，我對父親只有恐懼，賭氣逃離了他。
「不過，已經沒事了。我們走吧。」
我握住愛由的手，站起來。
「這邊喔。」
愛由真的以為我迷路了，連病房在哪都找不到，努力為我指路。
那模樣實在太可愛，我不禁微笑，在她背後說：
「……媽媽啊，好像知道愛由前世是什麼了喔。」
愛由眼神閃閃發光，回頭問：「是什麼？」

「我想，愛由應該是『天使』。」
「爸爸也常說我是『天使』喔，然後小聰就會說他是『傻爸爸』。」
我的答案似乎不是愛由期待的，只見她噘著嘴巴這麼說。我輕聲笑出來。
走進病房，父親尷尬地看著我。
剛才我還那麼坐立不安，現在已經不同了。
我的心情就像風平浪靜的海面。
至今一直認為，要是再和父親見面，就要他向我道歉。
可是一旦真的面對了他，想道歉的人反而是我。竟然會這麼想，真是不可思議。
不過，其實彼此都有不對，事到如今或許不必再提。
「……聽媽說你倒下，把我嚇到了。幸好沒有大礙。」
我這麼一說，父親意外地睜大眼睛。
「……」
他似乎想說什麼，最後還是沒有說。

大概在強忍淚水吧，整張臉漸漸漲紅。

父親把頭轉開，低聲嘟噥：

「話是這麼說，不復健的話還是無法自由行走，只會給人添麻煩。」

於是，愛由熱切地對他說：

「這樣你就要好好復健才行喔。」

父親顯得有些錯愕，停止了動作。

「等夏天到了，愛由想去海邊玩煙火。」

父親的身體開始微微顫抖。

以幾乎聽不見的聲音回答「好……」。

母親把手放在嘴邊說「好了好了」。

「孫女說的話誰敢不聽，這下你可要好好加油復健才行。」

父親板著臉孔別開視線。

以前，我無法理解父親這種反應。

只覺得很不高興，不明白為什麼他總是這麼冷淡。

可是，現在我已經明白，其實他只是難為情罷了。

我自己也在不知不覺中，成為能客觀看待父母的大人了。

「對了對了，孩子的爸……」

母親正要說什麼，有人在敞開的病房門上敲了幾聲。

所有人一起轉頭，朝門口望去。

站在那裡的，是個四十多歲的男人。纖瘦的身材，下巴蓄著鬍子，長度及肩的微捲頭髮，隨意地綁成一束馬尾。

雖然只是夾克配牛仔褲的休閒打扮，看得出頗有時尚品味。

「……次郎。」

他是我的弟弟，次郎。

次郎輕輕點頭打招呼，走入病房。

「爸，你好像沒事了呢。」

一方面感到困惑，父親仍回答「還可以」。

「雖然心情很複雜，看到你這樣，終究還是會擔心。」

說著，次郎露出促狹的笑容。
那場爭執過後，次郎一直用女性化的口吻說話。這點至今不變。
愛由小聲問我：「他是誰？」
因為次郎說「不能讓小孩子看到我這種人」，一直逃避和愛由見面。
「是媽媽的弟弟，次郎舅舅。」
聽我這麼一說，次郎大叫一聲「啊」，用手拍額頭。
「被叫歐吉桑了，真受不了。」[4]
可是愛由一點也不介意，走到次郎面前，精神抖擻地打招呼。
「初次見面，你好，我是市原愛由。」
「討厭啦，愛由。其實我們不是『初次見面』喔，妳還是小嬰兒時就見過面了。」
次郎用手指戳戳愛由的額頭。

[4] 日語中舅舅、叔伯的發音都是「歐吉桑」。

「人家又不記得。」

「說的也是。對了，妳叫我次郎就好，不可以叫歐吉桑喔。」

次郎啊哈哈地笑著，摸摸愛由的頭。

父親輕聲咳嗽，依然維持別開視線的姿勢。

「次郎。」

這麼叫了弟弟。

次郎回應「是」，轉向父親。

「聽說你要結婚了？」

父親倒下的事佔據了腦袋，我這才想起，次郎要結婚的事也很驚人。

原本不確定父母知不知道這事，看來，在通知我之前——父親倒下前——他已經先跟父母報告了。

我擔憂地想，說不定這正是父親倒下的原因之一。

次郎點頭說「是啊」。

父親先是說「這樣啊」，又接著開口：

「我一直很擔心你要孤家寡人一輩子。現在有人能陪你共度人生，我也放心多了。」

父親的話令我很驚訝。

次郎似乎也跟我一樣吃驚，睜大了眼睛站在原地不動。

「討厭，不要嚇人家啦。爸爸居然會說這種話。」

為了掩飾眼中浮現的淚水，次郎這麼說著輕聲笑了，雙手環抱自己的身體。

「其實啊，我的結婚對象今天也有來喔。你願意見一面嗎？」

說著，次郎轉向門口。

我和父母不由得面面相覷。

「不、次郎，這衝擊太強了……」

知道是一回事，實際見面又是完全不同的另一回事。

現在先避免讓他們見面，慢慢讓爸爸適應這個事實比較好吧？

見我手忙腳亂，父親微微一笑。

「既然都來了，就請人家進來吧。」

原來，斷絕往來這段期間，改變最多的人是父親。和兒女疏遠，又離開了長年任職的職場，父親或許有了比我們更多時間，足以好好審視自己。

次郎微笑道謝，望向門口。

「抱歉讓妳久等了，進來吧。」

聽到次郎的聲音，一個年齡介於二十五到三十歲左右的女生走進來。身上穿著深藍色套裝，手上提著探病用的水果籃。她看起來聰明睿智，但總覺得好像在哪見過。

愛由「哇」地大叫：

「是製作《流星天使》的人！」

次郎點頭說「沒錯喔」。

「這位是中山明里小姐，在電視製作公司當節目製作人。正如愛由所說，《流星天使》就是她負責的節目。」

她似乎很緊張，表情有點僵硬。

「大、大家好，我是中山明里。」

說著，略顯尷尬地低下頭。

我們也愣愣地低頭回禮。

父親張口結舌，母親雙手捧頰，嘴上唸著「哎呀、哎呀」。

「因為次郎是男大姐，還以為他的對象是男人呢。所以我和你爸都做好心理準備了。」

聽母親這麼一說，次郎「啊哈哈」的笑了。

「我確實也交過男朋友啦。」

這次，輪到明里用驚訝的表情看次郎。

「可是，次郎哥，你上次不是說自己『內心是男人』嗎？」

「對啊。不過那時候，我自己也搞不懂自己，還在人生的道路上迷失方向。可是，差不多過了四十歲後，我開始覺得是男是女都不重要了。當然，這只是以我自己的狀況來說。你們也都看到了，她就像外表看起來的一樣聰明，很有工作能力，而且非常漂亮，是個無可挑剔的社會菁英喔。老實說，站在她的立場，原本根本不該接觸我這種人。可是，她卻對我說她喜歡我的一切。這樣的女孩，怎不教人想守護一輩子呢。」

次郎說完這番話，我和媽媽都震驚地摀住嘴巴，明里則低下頭，羞紅了臉。

父親嘴角上揚，轉向明里說：

「明里小姐，次郎就麻煩妳多多照顧了。」

明里牢牢地望著父親：

「好的，我才要麻煩各位多多關照。」

說完，她深深地低下頭。

我胸口一陣激動，愛由輕輕握住我的手。

低頭一看，笑容滿面的愛由正抬頭看我。

「媽媽，太好了呢。」

淚水從我眼中滾落。

我點頭說「嗯」，輕撫愛出的頭。

愛由立刻跑到明里身邊，訴說起自己有多愛《流星天使》。

說完這個，又講起即將來家裡的小狗。

包括要為那隻狗取名「輪」的事。

次郎雙手往胸前一盤，頗感意外地說「是喔～」。

分崩離析的一家人，如今在同一個空間裡相視而笑。

站在這裡，我才終於察覺自己有多希望看見這一幕。

被大家圍繞在中間開心說話的愛由，讓我想起過去的輪。

我在心中默默地說「謝謝」。

尾聲

天上的星星幾千年來閃耀著同樣不變的星光，地上的人們卻懷著各式各樣的思緒，交織出不同的人生。

有喜有悲，也有誤解或不巧的時機。

為了盡可能拯救這樣的人們，星星的使者拚命努力。

結束工作的星星使者們，在這個耶誕夜齊聚於朝倉雕塑館的空中庭園，繼續舉行他們的忘年會。

「純子小姐一家人，一定會迎來非常美好的耶誕夜。」

我．金星（維納斯）一邊這麼喃喃低語，一邊吃著「流星群爆米花」。適度的鹹味搭配焦糖的甜味，好吃得不得了，是我們舉行宴會時必備的菜色之一。

閉上眼睛，腦海浮現這次遇見的人們。

純子小姐的家裡，多了一位名為輪的家人。

倒下的父親雖然行動稍微不便，但很快就出院了。還去東京看外孫女，說就當成是復健。

耶誕夜，他們一家人好像聚在一起開派對了。

聰美小姐似乎和男友共度了美好的時光，小雪小姐也帶著蛋糕回老家了吧。臉上掛著神清氣爽的表情，她為自己開了一扇新的門，想必接下來也會發生許多很棒的事。

我睜開眼睛小聲說「對了對了」。

「小雪小姐和純子小姐的月亮星座都是雙魚座呢。」

身旁的月亮（露娜）點頭回應「是啊」。

我們才剛聊過，和太陽星座相比，月亮星座沒有把力量放得那麼外顯。

「其實啊，正因為月亮星座不夠成熟，『自己真正願望』的提示才會隱藏在月亮星座之中喔。」

我不是很懂露娜這麼說的意思，歪了歪頭表示疑惑。
露娜揚起嘴角，呵呵一笑。
「『雙魚座』原本就象徵寬容、給予療癒，擅長『原諒』對吧？」
我答腔道「對啊」。
「很多太陽星座雙魚座的人都有著寬容的性格，不只對別人，對自己也是……」
說到這裡，我忽然睜大眼睛，原來是這樣啊。
「可是，月亮星座在雙魚座的小雪小姐和純子小姐明明有強烈的『想原諒』心情，卻沒辦法好好地原諒。」
她們真正的心願是「原諒」。
就因為無法好好原諒，所以才會那麼痛苦。
露娜點點頭。
「月亮星座在雙魚座的人，『想原諒』的心情是別人的兩倍，卻常因為太糾結而無法辦到。」

「那種時候，該怎麼辦才好呢？」

「這種時候，當然還是先從『原諒自己』開始做起嘍。原諒憎恨別人、忌妒別人，或是無法原諒別人的自己。這麼一來，因為世界上一切真理都如鏡子一般，一切的起點都始於自己，所以，只要原諒自己，有時就能原諒別人了。可惜人們往往沒能察覺這點，陷入不斷苦惱的迴圈。是說，這也不限月亮雙魚座的人就是了。」

露娜用自嘲的語氣這麼說。

可是，我微笑回應：

「這樣的她們也原諒自己了。」

「是啊，真的太恭喜她們了。」

真的。我仰望夜空。

「滿月咖啡店」基本上只在滿月與新月之夜營業。

今天是耶誕夜的特別營業日，天上的月亮缺了一大塊。

平常看到的總是正圓形的月亮，感覺有點不可思議。

露娜說月亮尚未成熟，或許就因為形狀總是這麼不安定的關係吧。

此外，如果沒有太陽的照耀，月亮也不會發光。

「——啊、原來是這樣。」

我抬頭看著月亮，如此輕聲低喃。

「怎麼了嗎？」

「我懂了，月亮星座的秘密。」

咦？露娜疑惑地皺眉。

「正因為月亮不安定也不成熟，只要給予光，就會熠熠生輝。」

「欸？」

「比方說，月亮雙魚座的人，能力或許不及太陽雙魚座的人。所以，在這部分會產生自卑感。可是，就是因為這樣，只要把光照上去，應該就能讓月亮雙魚座的人察覺『自己真正的願望』了吧？」

聽我這麼一說，露娜睜大了眼睛。

把光照上去。

這麼做的方法，每個人都不太一樣。
有人是原諒自己，有人可能是認同自己。
雖然因為陽光太刺眼而避免直視，月亮內心依然對太陽有所憧憬，當陽光照在心上，月亮也會閃閃發光。
露娜一邊掩飾眼中浮現的淚水，一邊別過頭說「可能吧」。
這時，木星（朱比特）來到我們身邊。
「美好的夜晚，再乾杯一次吧。」
摟著我和露娜的肩膀，朱比特高舉酒杯。
於是，土星（薩圖恩努斯）在一旁無奈聳肩。
「妳真的很愛『乾杯』耶。」
「因為，要是能開心地『乾杯』，就是一件幸福的事了啊。妳們也這麼認為吧？」
「是啊。」露娜靜靜表示贊成，望向薩圖恩努斯。
「比起『乾杯』，薩薩或許更適合帶領大家『向故人敬酒』吧……」

「露娜，沒想到連向來冷靜的妳也這樣挖苦我……」

露娜呵呵笑著說「不好意思啦」。

看到總是一臉酷酷的露娜面帶笑容，我們都高興起來。

「還是來乾杯吧。對了，在那之前朱比特，妳能不能告訴我們，露娜喝的這杯『紫羅蘭費士』的酒語是什麼呢？」

朱比特說，當然可以啊。接著，用惡作劇般的笑容指著露娜手上酒杯的側面。

「這杯有著美麗紫色的調酒，酒語就是『請記住我』。」

聽到紫羅蘭費士的酒語，露娜眼睛瞇得像兩條彎弓。

「好適合我啊，我經常都這麼想。」

「真的嗎？」

「是啊。所以，即使在看不到月亮的新月夜晚，我也會散發強烈的能量，就是希望大家能感受得到我喔。」

露娜說完「乾杯」後舉起酒杯，喝一口紫羅蘭費士。

「啊啊，露娜妳真是的，怎麼不等大家一起乾杯！」

「哎，有什麼關係嘛。」

我笑著說「乾杯」，也舉起自己的杯子，喝一口葡萄酒酷樂。

「露娜，妳真的很做自己耶。」

「哎呀，不好意思喔。」

面對拿她沒轍的薩圖恩努斯，露娜一點也沒有不好意思的樣子。

看著兩人這麼一來一往，我忍不住笑了。

夜空中，看得見描出和緩弧線的月亮和清楚的銀河。

閃閃發光的星星們，彷彿銀河裡悠游的魚。

後記

《滿月貓咪咖啡店～真正的願望～》感謝您的閱讀，我是望月麻衣。

本書背景雖設定為二〇二〇年底，關於新冠病毒只有輕輕帶過，並未正式提及。這是因為，我認為至少在故事的世界裡，可以不用去想口罩或社交距離之類的事。

如果各位也能認同這個想法，那就再好也不過了。

此外，本書雖是上一本的續作，直接讀也沒有問題。不過，從第一本《滿月貓咪咖啡店》就開始讀的讀者，或許更能理解書中內容，讀來樂趣也更多吧。所以，如果願意的話，也請讀一讀上一本《滿月貓咪咖啡店》。

上次我努力寫下了「希望讓讀者讀完這本書就『大致了解』西洋占星術」的內容。

值得慶幸的是，很多原本就對占星術感興趣的讀者表示「非常清楚易懂」、「讀了這本書之後，我去查了自己的出生圖」等，我真的好高興。

但是，同時也有完全沒接觸過占星術的人表示看不懂，提出「占星的部分太難」等意見。

因此，在創作本書時，以此為前提，我將主題縮小為「太陽星座」、「月亮星座」及「ASC（上升點）」。當各位查看自己的出生圖時，只要先確認這三個地方，針對這三個地方重新檢視自己即可。

必須預先聲明的是，在占星術的世界中，有多少人投入研究，就有多少種詮釋方式。本書是在西洋占星術講師宮崎ERI子老師的修訂下，由我寫出自己的詮釋方式。

說不定有人會認為「我的看法和這個不同」。這種時候，不必爭執誰才是正確答案，希望大家可以抱著「在這個故事裡就是用這種方式詮釋」的心情輕鬆閱讀就好。

在上一部作品的後記中，我曾大略提過自己學習西洋占星術的歷程。在開始為本書執筆前，我試著回頭想想，發現最初自己「想學占星術」的動機，其實來自「想要開運」的念頭。換句話說，就是想實現自己的願望。

因此，我在學習占星術的同時，也好好思考了自己的願望到底是什麼。結果，意外地發現，我好像找不到「真正的願望」。

「既然是自己真正的願望，哪有什麼需要特地『知道』的必要？這不是大家理所當然都該知道的事嗎？」

書中角色維納斯曾經這麼說，我一開始也是這麼認為的。既然是自己的願望，理所當然應該要知道。

可是，事實上，那和「真正的願望」之間有一點落差。

說到當時我許下的願望是什麼，其實有三個。一個是「想中樂透」，一個是「想減肥成功」，還有一個是「想出書」。真正的願望和「中樂透」之間的落差，書裡已經提過，在此就略過不提。

關於「減肥」，我想的是「瘦下來就會變漂亮」。既然這樣，就不該許願「減肥成功」，而是「變漂亮」才對。所以，這個願望和我真正的願望也有一點落差。

至於「想出書」，是因為當時我已經在網路上發表過好幾部小說，心裡想的是「哪個作品都可以，希望能出版成冊」。於是我問自己「這樣的話，希望哪部作品可以出版呢？」結果發現「對這部作品雖然很有感情，但篇幅太長不適合出書，那部作品好像也不太可能，可是，既然都寫這麼多了，總是希望能出本書」——總之，雖然出書的願望近乎執著，願望本身卻是挺籠統的。

我想這樣下去不行，決定先整理一下自己的願望。

最後，我得出的結論是「儘管無法決定要出哪部作品，不管怎麼說，仍希望能透過出版社出版自己的著作」。

以此為前提，我重新檢視自己的作品，發現雖然對每部作品都很有感情，但連自己都難以想像那些作品出成書的樣子。

「這樣的話，就重新寫一本能出版成書的作品吧」，我這麼決定，寫下了全新的創作。結果，這部作品得了獎，我也一路走到今天。

如上所述，開運的第一步，始終都是找出「自己真正的願望」。

此外，在釐清真正的願望前，也必須清楚自己的內心世界，把內心的想法整理好。

我認為這種時候，能給自己帶來提示的就是太陽星座、月亮星座和ASC了。尤其是月亮星座，代表的是一個人的本能和最真實的一面，一如作品中的角色，只要去面對這個部分，或許就能看清自己的內心。

順帶一提，在占星術界，對「月亮星座」的解釋也有很多種。我在創作本書時，好好地面對了自己的月亮星座，把屬於我自己的想法寫下來了。

那麼，接下來聊聊本書的創作背景吧。

老實說，我原本幾乎沒想過會有續篇，對續篇也沒有任何構想。當出版社對我提出寫續篇的事時，一方面很高興，一方面也為毫無想法而感到焦慮。

畢竟上一部作品已經完整收尾了，發展出續篇實在有點難吧？

是不是不該抱著湊合的心情來寫？還是跟出版社道歉，推辭這個工作比較好……？

就在我鬱悶地思考這些時，插畫家櫻田千尋先生在SNS上發表了滿月咖啡店的全新插畫。

那就是「線香煙花冰茶」這幅作品。

看到這幅作品時，我大為震撼。太美又太夢幻了，更帶點難以形容的淡淡鄉愁。

看了這幅出色的插畫，我腦中立刻浮現畫面。我將當時浮現腦中的畫面，直接寫成了第三章「線香煙花冰茶」中的某一個場景。

同時，續篇大致上的構想也就此成形。

此外，還發生了根據夢中收到的建議寫成情節大綱等不可思議的事，就這樣完成了這部作品。

完成後的現在，自己覺得寫出了和上一部作品氛圍不同的好作品，很是高興，內心也有點激動。

包括這次也提供了精采插畫的櫻田千尋老師和擔任修訂的宮崎ERI子老師在內，我衷心感謝所有參與這部作品的有緣人。

真的非常謝謝大家。

希望所有人的願望都能實現——

望月麻衣

參考文獻

ルネ・ヴァン・ダール研究所『いちばんやさしい西洋占星術入門』(ナツメ社)
ケヴィン・バーク　伊泉龍一訳『占星術完全ガイド　古典的技法から現代的解釈まで』(フォーテュナ)
ルル・ラブア『占星学　新装版』(実業之日本社)
鏡リュウジ『鏡リュウジの占星術の教科書Ⅰ　自分を知る編』(原書房)
鏡リュウジ『占いはなぜ当たるのですか』(説話社)
松村潔　エルブックスシリーズ『増補改訂　決定版　最新占星術入門』(学研プラス)
松村潔『完全マスター西洋占星術』(説話社)

松村潔『月星座占星術講座―月で知るあなたの心と体の未来と夢の成就法―』（技術評論社）
石井ゆかり『月で読む　あしたの星占い』（すみれ書房）
石井ゆかり『12星座』（WAVE出版）

春日
ハルヒブンコ
文庫
148

滿月貓咪咖啡店：真正的願望

滿月珈琲店の星詠み～本当の願いごと～

滿月貓咪咖啡店：眞正的願望/望月麻衣作；秋香凝譯. --
初版. -- 臺北市：春天出版國際文化有限公司, 2024.05
面；　公分. -- (春日文庫；148)
譯自：満月珈琲店の星詠み~本当の願いごと~
SBN 978-957-741-830-2(平裝)

361.57　　113003312

SBN 978-957-741-830-2
Printed in Taiwan

作　　者　望月麻衣
插　　畫　櫻田千尋
譯　　者　邱香凝
總 編 輯　莊宜勳
主　　編　鍾靈

出 版 者　春天出版國際文化有限公司
地　　址　台北市大安區忠孝東路4段303號4樓之1
電　　話　02-7733-4070
傳　　眞　02-7733-4069
E－mail　bookspring@bookspring.com.tw
網　　址　http://www.bookspring.com.tw
部 落 格　http://blog.pixnet.net/bookspring
郵政帳號　19705538
戶　　名　春天出版國際文化有限公司
法律顧問　蕭顯忠律師事務所
出版日期　二〇二四年五月初版

定　　價　360元

總 經 銷　楨德圖書事業有限公司
地　　址　新北市新店區中興路二段196號8樓
電　　話　02-8919-3186
傳　　眞　02-8914-5524
香港總代理　一代匯集
地　　址　九龍旺角塘尾道64號 龍駒企業大廈10 B&D室
電　　話　852-2783-8102
傳　　眞　852-2396-0050